Margaret Wheaton-Tuttle
Der rote Käfig
Die Odyssee eines Hundes
Roman

Margaret Wheaton-Tuttle

DER ROTE KÄFIG

Die Odyssee eines Hundes

Übersetzt aus dem Amerikanischen
von Manja Louis

Haag + Herchen

Das Umschlagbild zeigt den Collie »Boris v. Queensland«,
Züchter und Eigentümer ist H. R. Christen, Schöfflis-
dorf/Schweiz.

Die Deutsche Bibliothek – CIP-Einheitsaufnahme

Wheaton-Tuttle, Margaret:
Der rote Käfig : die Odyssee eines Hundes ;
Roman / Margaret Wheaton-Tuttle. Übers. aus
dem Amerikan. von Manja Louis. – Frankfurt
am Main : Haag und Herchen, 1992
    ISBN 3-89228-744-9

ISBN 3-89228-744-9
© 1992 by HAAG + HERCHEN Verlag GmbH,
Fichardstraße 30, 6000 Frankfurt am Main 1
Alle Rechte vorbehalten
Dieses Buch erscheint in Zusammenarbeit mit
CIVIS-SCHWEIZ, Verein für die Abschaffung
der Tierversuche, Zürich
Produktion: Fischer Verlagsbüro, Frankfurt am
Main
Satz: W. Niederland, Frankfurt am Main
Herstellung: Difo-Druck GmbH, Bamberg
Printed in Germany

Verlagsnummer 1744

Erstes Kapitel

Im Alter von zehn Jahren hatte Vicky Roberts alle Hundege-
schichten von Albert Payson Terhune gelesen, die es gab, und
ihr größter Wunsch war ein Collie – ein reinrassiger Collie
mit einem feinen langen, spitz zulaufenden Kopf, spitzen Ohren und dunklen, mandelförmigen Augen. So jedenfalls be-
schrieb Herr Terhune die äußeren Merkmale eines reinrassi-
gen Collies, und er war ihr Leitbild.

Leider konnten Herr und Frau Roberts Vicky ihren sehnli-
chen Wunsch nicht erfüllen, denn sie wohnten in Hartsdale,
einer emsigen kleinen Stadt mit vielen Fabriken etwa vierzig
Kilometer von Sharpsburg entfernt, und sie hatten keinen
Platz für einen so großen Hund. Ihr Haus war klein und ihr
Garten auch. Daher versuchten sie, Vicky dazu zu überreden,
doch einen Cocker, einen Terrier oder einen Dackel anzunehmen. Aber Vicky war nicht zu überzeugen. Wenn sie keinen
Collie haben konnte, sagte sie, dann lieber gar keinen Hund.

Obwohl das Thema mehr als ein Jahr lang diskutiert wurde, blieb das Problem ungelöst. Bis zu einem Sommertag, an
dem die Roberts sich auf dem Heimweg von einem Wochen-
endausflug am Cape Cod befanden, und an einem Zwinger
vorbeikamen. Vickys älterer Bruder David machte sie auf ein
Schild aufmerksam, das, von Büschen halb verdeckt, an einem Torpfosten hing.

»Habt ihr das gesehen«, rief er, »sie bieten Shetland Schäferhunde an. Wollen wir die nicht mal ansehen?«

»Aber wozu denn?« sagte Frau Roberts. »Die sind ja noch
größer als Collies, und man muß ihnen ständig das Fell sche-
ren.«

»Das sind Altenglische Schäferhunde«, korrigierte ihr
Sohn etwas ungehalten. »Ich habe eine kleine eiserne Figur
auf dem Tor gesehen, da sieht der Hund genauso aus wie ein
Collie.«

Inzwischen waren sie schon ein paar hundert Meter die Zu-
fahrt hinuntergefahren. Dann setzte Herr Roberts zurück, um

den Wagen zu parken. Eine Stunde später saßen Vicky und David wieder auf dem Rücksitz; der gutmütige David mit einem leeren Karton auf dem Schoß, und eine hingerissene Vicky mit einem Shetland Schäferhund im Arm. Er war vier Monate alt, hatte fragende dunkle schräggeschnittene Augen, spitze Ohren und schon die Andeutung einer mattweißen Halskrause. Und er war eine vollkommene Kopie eines Terhune Collie-Welpen, nur en miniature. Nun konnten endlich alle zufrieden sein. Vicky aber war überglücklich.

Schon lange bevor ihr Hund in ihr Leben und in ihre Arme geriet, stand fest, wie sie ihn nennen würden. Bruce sollte er heißen nach dem Kriegshelden in einem von Herrn Terhunes Büchern.

Gegen Abend erreichte Bruce seine neue Heimat. Vickys Eltern erlaubten ihm, bei ihr im Zimmer zu schlafen – in einem großen Puppenwagen. Der Puppenwagen war Vickys Idee. Er hatte einen breiten, hohen Rand, und sie staffierte ihn mit einem Puppenkissen und einer alten Wolldecke aus. Auf die Dauer entsprach das Bruce' Vorstellung von einem schönen Nachtlager trotzdem nicht. Als er zum vierten Mal abends in den Puppenwagen geklettert war, wartete er, bis Frau Roberts das Licht im oberen Stock gelöscht hatte. Dann sprang er mit einem federnden Satz fast wie ein Eichhörnchen auf Vickys Bett und schmiegte sich fest an ihren warmen Körper. Vickys Finger schlossen sich um den kurzen schwarzen Haarkranz, der einmal Bruce Mähne werden würde. Gar manchen Morgen fand Frau Roberts die beiden in Zukunft so: Bruce mit erhobenem Kopf und angelegten Ohren aus Furcht, man würde mit ihm schimpfen. Vicky, einen bloßen Arm um seinen Hals geschlungen und mit geschlossenen Augen noch tief im Schlaf.

Im Herbst, als die Schule wieder begann, mußte Bruce allein im Hinterhof spielen, den Herr Roberts eingezäunt hatte. Der Welpe lernte rasch den Zeitpunkt, an dem Vicky nach Hause kommen mußte, und saß dann vor der Haustür und wartete auf sie. Und Vicky warf, kaum in ihrem Zimmer, die

Bücher hin und stürzte dann nach draußen, um den Rest des Nachmittags mit ihrem Hund zu verbringen.

In einem kleinen Notizbuch schrieb sie alles auf, was sie ihm beibrachte. Als er zwölf Monate alt war, kannte er die Bedeutung von vierundzwanzig verschiedenen Wörtern. Außerdem konnte er zwischen seiner rechten und seiner linken Pfote unterscheiden und auf Kommando bei Fuß gehen, stehenbleiben, niesen, wedeln, die Tür zustoßen oder nach etwas Verlorengegangenem suchen.

Für Vicky war Bruce niemals nur ein Hund, nicht einmal ein besonders gescheiter und hübscher Hund. Für sie war er einfach die Vollkommenheit selbst. Sie liebten einander innig und waren unzertrennlich. Seine Schulterhöhe betrug jetzt 43 cm, ungefähr 4 cm mehr als das A-Maß, mit dem er auf einer Ausstellung zugelassen würde. Davon abgesehen war er alles, worauf sie je gehofft hatte, fröhlich, intelligent, munter und hübsch. Die Proportionen von Schädel und Fang befanden sich in schönem Gleichgewicht. Seine Kiefer waren gut geschnitten und stark, der Abstand der Schneidezähne gleichmäßig. Er besaß einen kräftigen Knochenbau mit breiter Brust und klar angesetzten Rippen. Inzwischen war ihm auch das zweite Fell gewachsen in glänzendem Kastanienbraun und mit goldenen Lichtern um Schultern und Flanken. Die weiße Quaste am Ende seiner Rute berührte fast den Boden, und eine Löwenmähne aus langen schwarzen Deckhaaren floß über seine weiße Weste. Wenn er saß, hielt er den Kopf aufrecht auf einem stolz gebogenen Hals. Und wenn er lief, bewegte er sich so leicht und mühelos über den Boden wie ein Schwan über das Wasser.

In dem Sommer, in dem die Roberts mit ihren Nachbarn, den Haskins, für zwei Wochen ein Ferienhaus in South Truro mieteten, war Bruce zwei Jahre und vier Monate alt. Am Vormittag des 15. Juli fuhren sie in zwei Wagen los und machten einen Picknickhalt in einem bewaldeten Park westlich von Providence, nicht weit entfernt vom Burlingame Reservoir.

Als die Erwachsenen die Überreste des Picknicks einpackten und die Kinder zwischen den Kiefern Versteck spielten, schlug Frau Haskins Vicky vor, mit Sally Haskins zu ihnen in den Wagen zu steigen, während ihr ältester Sohn mit David im Wagen der Roberts fahren sollte. Beim Spaß des Sitztausches und dem Durcheinander der Abfahrt bemerkte niemand, daß Bruce vor einigen Minuten in den Wald geschlendert war.

Sie brachen also abermals auf, die Roberts voran, um den Weg zu zeigen. Nachdem sie einige Meilen gefahren waren, mußte Herr Haskins tanken, und die beiden Autos trennten sich. Während die Gruppe im Haskins-Wagen darauf wartete, daß ihr Tank gefüllt wurde, bemerkte Vicky einen Jagdhund, der auf der Schwelle zur Tankstelle stand. Erst jetzt fiel ihr ein, daß sie Bruce nicht mehr gesehen hatte, seitdem sie den Park verlassen hatten. Und im Nu war alles Glück dieses Tages zerstört.

Herr Haskins war der einzige, der sich zu erinnern glaubte, Bruce gesehen zu haben. Er meinte, er hätte ihn in den Wagen der Roberts springen sehen. Vicky, von Zweifeln gequält, wünschte sich, kein Kind zu sein, sondern Mut genug zu haben, die Haskins darum zu bitten, umzukehren. Bis zum Ende der Reise saß sie schweigend da, mit einem Kloß im Hals und von Angst erfüllt.

Wo war Bruce geblieben? Sie würde dieses entsetzliche Erlebnis niemals vergessen.

Als der Wagen der Haskins vor dem Haus am Strand vorfuhr, sprang Vicky als erste heraus und stürzte in das Haus, dessen Zimmer und Gerüche ihr noch völlig fremd waren. »Bruce, Bruce, wo bist du?« schrie sie.

Herr Roberts, der mit einem Koffer in jeder Hand auf halber Treppe stehengeblieben war, wandte sich mit einem Ruck um. »Aber ist er denn nicht mit euch gekommen?« Einen schrecklichen, herzzereißenden Augenblick starrten sich die beiden an, dann setzte Jack Roberts die Koffer ab und rannte nach unten zum Telephon, um die Polizei in Rhode Island anzurufen.

Vicky streckte tränenblind die Hände nach ihrem Vater aus, damit er sie in die Arme nahm. »Mach dir keine Sorgen«, versuchte er sie zu trösten, »morgen um diese Zeit ist er wieder da, heil und gesund. Wart' nur ab.«

In der folgenden Nacht in South Truro in einem fremden Bett und in einem fremden Zimmer, das sie mit Sally Haskins teilte, weinte Vicky sich in den Schlaf, während der salzgraue Nebel durch die offenen Fenster hereinquoll. Da es keine Fellmähne mehr gab, in die sie sich kuscheln konnte, steckte sie ihr Gesicht in die Falten des falschen Pelzkragens ihres Cordkleides und versuchte, ihr Schluchzen darin zu erstikken.

Mehr als ein Jahr würde sie nun weinen müssen – viele Nächte. Und am schlimmsten war es, daß sie nicht von Anfang an darauf vorbereitet sein konnte, daß keine Tränen, kein Hoffen und Beten, ihr helfen würden, Bruce jemals so wiederzusehen, wie er einmal gewesen war.

Zweites Kapitel

Während die Roberts und die Haskins sich auf dem Picknickplatz für die Abfahrt rüsteten, war Bruce dreihundert Meter entfernt dabei, der herrlichen wilden Witterung eines Fuchses zu folgen. Auf einem engen Pfad, den der Fuchs getreten hatte, gelangte er zur Quelle der Gerüche, einem Bau aus aufgehäuften Steinen und Sand, im Dickicht des Unterholzes verborgen. Steifbeinig näherte er sich, schnupperte und lauschte. Er brauchte seine Augen nicht, um zu wissen, daß das Tier sicher in seiner Höhle saß, wach war und sich der Gegenwart eines Hundes völlig bewußt. Nachdem Bruce zehn Minuten das Gebüsch durchschnüffelt und sein einsames Spiel genossen hatte, machte er sich auf den Rückweg, den Schwanz wie ein Banner hochgestreckt und fröhlich erregt von den Freuden der Jagd.

Als er die Lichtung erreichte und entdeckte, daß sie verlassen dalag, war er bestürzt, lief hin und her an den Picknicktischen entlang, schnüffelte und winselte. Dabei lief er in immer größeren Kreisen und verfolgte die Spuren, bis sein Geruchssinn ihn an die Fernstraße geführt hatte. Dort zog er, mitten auf der Fahrbahn stehend, erhobenen Kopfes und mit offenem Maul die frische Witterung ein. Dann schoß er wie eine Fellkugel davon und raste die Straße entlang in der Richtung, in der die Roberts davongefahren waren. Doch mit jedem ausgreifenden Satz wurde die Witterung schwächer. Die Fahrzeuge sausten an ihm vorbei und hupten laut. Erschrocken sprang er zur Seite auf die Grasnabe und setzte dort seinen Weg fort. Doch allmählich gab es keine Witterung mehr, der er hätte folgen können, nur den Geruch von Teer und Abgasen. Mit heraushängender Zunge und zitternden Flanken verlangsamte er seinen Lauf und blieb stehen. Die Sonne brannte auf Kopf und Rücken. Keuchend stand er in einem Graben und versuchte, nachzudenken und zu lauschen. Ein Lastwagen mit Anhänger brauste an ihm vorbei und erschütterte den Boden, während ein Windstoß ihm das Fell zerzauste. Er stieß einen letzten verzweifelten Schnaufer aus und machte sich langsam auf den Rückweg.

Als er sich dem Picknickplatz näherte, beschleunigte er sein Tempo. Vielleicht waren sie zurückgekommen. Oder vielleicht waren sie gar nicht wirklich abgefahren. In seinem Kopf herrschte ein schreckliches Durcheinander. Auf dem letzten Stück verfiel er in einen hoffnungsvollen Galopp und kroch unter dem Absperrungsdraht durch, um den Weg den grasbewachsenen Abhang hinunter abzukürzen. Doch als er auf der Lichtung ankam, lag sie so verlassen da wie zuvor. Nur eine Krähe, die auf einer Fichte in der Nähe saß, stieß ein düsteres Krächzen aus, um ihren Schwarm zu warnen. Und eine Traube von Ameisen war dabei, winzige Überreste von hartgekochten Eiern und Brot zu verzehren. Enttäuscht und verwirrt warf Bruce sich im Schatten eines Strauches auf den Boden. Es blieb nichts anderes übrig als zu warten.

Den ganzen Tag lang blieb er an dieser Stelle, ja er hatte Angst, sich auch nur einen Augenblick zu entfernen, um nach Wasser zu suchen. Am späten Nachmittag hörte er, wie ein Wagen von der Fernstraße einbog und den Kies zum Parkplatz heruntergefahren kam. Sofort sprang er auf. Doch ein Blick auf den schwarzen Wagen genügte, es war nicht der seiner Leute. Zwei Männer in Schirmmützen, Stiefeln und Uniformen stiegen aus. Vor allem die fremdartigen Mützen erschreckten Bruce. Die Männer schlenderten im Gespräch nebeneinander zur Mitte der Lichtung. Bruce zog sich hinter den Strauch zurück und beobachtete sie mit vorgebeugtem Körper durch die Blätter. Jetzt pfiff einer der Männer, die Art Pfiff, mit der man einen Hund ruft. Bruce spitzte die Ohren noch mehr, doch sein Blick blieb fest und seine Füße rührten sich nicht. Schweigen herrschte, während die drei, Männer und Hund, warteten. Ein Spatz raschelte in den Blättern unter einem der Tische. »Das ist nur ein Vogel«, sagte einer der Männer. Der andere, der gepfiffen hatte, sah sich um und rief mit lauter Stimme: »Hierher Junge, hierher!« und es dämmerte Bruce, daß sie ihn meinten. Doch sind Shelties von Natur

aus vorsichtig, und Bruce wußte, daß er in Sicherheit war, solange er einen gewissen Abstand hielt. Die Männer bespra-
chen sich, dann erhob derselbe noch einmal die Stimme und
brüllte laut: »Bruce, Bruce – hallo Bruce!« Das erschütterte
ihn wirklich. Wie konnten sie seinen Namen wissen? Er
machte einen Schritt vorwärts, und noch einen, aber dann be-
sann er sich eines Besseren und zog sich wieder zurück. Kein
Zweig knackte unter seinen Pfoten und nichts war zu hören,
außer dem zeitweiligen wuu-sch der vorbeisausenden Wagen
auf der Fernstraße. Langsam setzten die Polizisten sich in Bewegung, noch immer pfeifend und rufend, und der Wald warf
das Echo zurück. Bruce ließ sich flach zu Boden fallen, und
die braune Erde war eine gute Tarnung für sein Fell. Jetzt war
er überzeugt, daß sie nach ihm suchten, aber man konnte
menschlichen Wesen nun einmal nicht immer vertrauen.
Selbst er, ein behütetes Haustier, hatte schon schlechte Erfahrungen mit gewissen Zeitungsjungen und Handwerkern gemacht. Außerdem, was für eine Verbindung auch zwischen
diesen Männern und seiner Familie bestehen mochte, die
Lücke dazwischen war zu groß, als daß sein Verstand sie
überbrücken konnte. Verwirrt und einsam wünschte er sich
fast, daß er entdeckt würde, und dann wieder wagte er nicht,
sich zu zeigen. Seine Stirn kräuselte sich bei der Anstren-
gung, zu einem Entschluß zu gelangen, während er die Männer mit den Blicken verfolgte.

Zehn Minuten später riefen die Polizisten sich etwas zu
und gingen zu ihrem Wagen zurück. Als sie die Türen zu-
schlugen, begriff Bruce, daß die Suche nach ihm damit zuende war. Immer noch nicht sicher, ob er richtig gehandelt hatte, erhob er sich. Und sofort bemerkte ihn einer der
Polizisten. Blitzschnell sprang er aus dem Auto und kam auf
den Hund zu. Wenn der Mann sich niedergehockt, seine Müt-
ze abgenommen und versucht hätte, Bruce freundlich anzu-
locken, hätte sich der Hund vielleicht genähert und allmählich geduldet, daß sie ihn einfingen. Doch ein Fremder, der
direkt auf ihn losging, in Stiefeln und im Dunkeln, vergrößer-

te nur seine Angst. Bruce wirbelte herum, raste hundert Meter hangaufwärts und sprang auf einen Felsen, von wo er genau sehen konnte, was seine Verfolger unten machten.

»Oh, zum Teufel mit ihm«, sagte der Polizist, »den erwischen wir niemals.«

Sein Gefährte kam hinter ihm her und blieb stehen, um den Hund zu betrachten, der da oben wie auf einem Podest stand, den stolzen Kopf hocherhoben, während die klaren Umrisse seines Körpers mit dem kupferfarbenen Fell in den letzten Sonnenstrahlen leuchteten. »Der sieht ja mehr wie eine Statue aus als wie ein lebendiger Hund«, bemerkte er.

»Soll sich der Mann doch seinen Hund selbst holen«, sagte der erste. »Wir können hier nicht ewig bleiben.« Woraufhin sie sich zum zweiten Mal zu ihrem Wagen begaben. Die Türen fielen zu, der Kies spritzte unter den Reifen. Weg waren sie.

Damit war eine Verbindung mit der Vergangenheit unterbrochen, aber das kam Bruce nicht zum Bewußtsein. Die ererbte instinktive Angst vor Gefangenschaft, die ihn daran hindern würde, die Menschen, die er liebte, wiederzufinden, hatte gesiegt.

Nach einer Weile kletterte er von dem Felsen herunter und schnüffelte noch einmal alle Picknickbänke ab. Doch die Witterung wurde immer schwächer, in der Erinnerung ebenso wie tatsächlich. Hungrig, durstig und verlassen ließ das Tier sich in seinem Versteck unter den Sträuchern wieder zu Boden fallen. Mit ausgestreckten Beinen auf der Seite liegend beobachtete er mit weit offenen Augen den goldgelben Ball der Sonne, wie er langsam hinter den Bäumen versank. Und die Einsamkeit der Nacht senkte sich auf ihn herab.

Mehrere Male während der langen Nachtstunden verließ er sein Versteck. Einmal um Wasser zu suchen, das er mühelos fand, denn der Geruch der frischen Nässe des Reservoirs lag in der Luft. Sodann folgte er noch einmal der Spur des Robert'schen Wagens bis zur Fernstraße, wo sich die Witterung endgültig verlor. Woraufhin er mit hängendem Schwanz zum

Picknickplatz zurückkam. Wieder unter den Sträuchern kratzte er nochmals Blätter und Erde auf und drehte sich dreimal um sich selbst, bevor er sich wie ein Turban aus Fell zusammenrollte, die weiße Spitze seiner Rute über der Schnauze. Die Wärme des eigenen Körpers und der eigene Geruch waren der einzige Trost, der ihm blieb.

Bald nach Sonnenaufgang sprang er auf und jagte im Wald umher auf der Suche nach etwas zu essen. Zwei Stunden später kam er zurück, mit Ausnahme von ein paar Heidelbeeren immer noch mit leerem Magen.

Wieder umkreiste er den Picknickplatz, aber nun suchte er nicht mehr nach den Roberts, sondern hinterließ überall eine Botschaft – die einzige, die er kannte, und auf die einzige Art, die er kannte: er hinterließ seine Witterung. Kein Tier mit einer guten Nase würde in den nächsten ein oder zwei Tagen den Picknickplatz betreten ohne sofort festzustellen, daß er dagewesen war. Daß Vickys Geruchssinn leider zu schwach war, konnte Bruce nicht wissen, sein Instinkt diktierte die Regeln. Und während er seine Kreise zog und erhobenen Kopfes Botschaften erschnupperte, meldete ihm sein Instinkt auch, – wie eine Wünschelrute oder eine Empfangsstation – in welcher Richtung sein Heim lag. Denn inzwischen hatte er sich entschlossen, sich allein auf den Heimweg zu machen.

Als er genug herumgekreist war, legte er sich auf den Rücken und wälzte sich. Das war wie eine Grenzziehung ohne Grenzstein oder wie eine Markierung ohne Messer. Dann stellte er sich mit gespreizten Beinen hin, warf den Kopf zurück, hob die weiße Kehle in den Morgenhimmel und stieß immer wieder ein düsteres Geheul aus. Ob darin mehr lag als der Ausdruck seines ganzen Jammers, wer kann das wissen? Vielleicht versuchte er wie mit einem primitiven Trommelsignal, seine Stimme durch die Luft zu senden. Als das letzte Echo verklungen war, setzte er sich, ohne sich noch einmal umzuschauen, in Bewegung nach Westen in Richtung seines Zuhauses – außer dem längst vergessenen Hundezwinger seiner Welpenzeit das einzige Zuhause, das er kannte.

Als Jack Roberts am nächsten Morgen schon vor neun Uhr, voller Sorge und müde nach einer schlaflosen Nacht und nach einer Fahrt von mehr als 160 km mit seinem Wagen in den Picknickplatz einbog, trabte Bruce schon 8 km von ihm entfernt über ein Feld in Richtung Hartsdale.

Drittes Kapitel

Bruce brauchte sieben lange Tage bis er sein Ziel erreichte. Ein Alptraum von Hunger, Erschöpfung, Hitze und Elend. Ein Alptraum von mühsamen Umwegen, in denen mit schmerzenden Muskeln, den plötzlichen Tod auf den Autostraßen vor Augen, Nahrung gestohlen und Flüsse durchquert werden mußten. Die Welt war zu einer endlosen Folge von unbekannten Orten, fremden Menschen und Feindseligkeiten geworden. Es ist deshalb erstaunlich, daß ein behütetes Tier, das niemals ohne Aufsicht seinen heimatlichen Auslauf hatte verlassen dürfen, sich niemals selbst hatte Nahrung suchen müssen, ans Ziel seiner Reise gelangte. Kein menschliches Wesen würde diese Aufgabe bewältigt haben, – trotz der überlegenen Intelligenz, der es sich immer selbst rühmt – wenn man es an einem ihm unbekannten Ort und ohne lesen, schreiben und sprechen zu können, ausgesetzt hätte.

Als Bruce eines Abends das weiße Fachwerkhaus der Roberts in Hartsdale erreichte, konnte er kaum noch gehen. Seine Pfoten waren wund und geschwollen, sein ehemals glänzendes Fell verfilzt und schmutzstarrend. Die spindeldürren Beine schienen mit flachen Stäben aus struppigem Fell an einem Rückgrat aus Glaskugeln befestigt zu sein. Bruce sah aus wie der typische verlassene Bastardhund, abgemagert, verdreckt, von Flöhen zerbissen, verängstigt und mit der angespannten Miene aller Gejagten.

Er kroch die Holztreppe zur Veranda empor und kratzte winselnd an der Tür in der Erwartung, daß die Roberts ihm öffnen würden. Als niemand kam, taumelte er wieder nach unten und durch die offene Hoftür zur Rückseite des Hauses. Dort kratzte er winselnd an der Küchentür und versuchte, die Krallen in den Türspalt zu stecken. Doch das Haus blieb still und dunkel. Er konnte riechen, daß es leer war. Erschöpft, geschlagen und auf eine tiefe und pathetische Weise beschämt kroch er unter die Holzverstrebungen der Küchenveranda und brach auf dem modrigen Boden zusammen.

16

Stunden später, als die Stadt langsam erwachte, kam er wieder hervor. Fressen, fressen, irgendetwas zu fressen war sein einziger Gedanke. Er stand vor der Wahl zwischen Nahrung und Tod und fühlte genau, daß die Kraft, zwischen beiden zu wählen, nicht mehr lange reichen würde. Taumelnd schlängelte er sich durch unbekannte Hinterhöfe und Straßen und kratzte an Kehrichteimern, zu schwach um sie umzustürzen. Dann roch er es – etwas Süßes, Nahrhaftes und Warmes. Es war nur der Hauch eines Geruchs, doch folgte er ihm mit schwankenden Schritten so schnell er konnte. Endlich sah er, was es war, ein Napf voll Kondensmilch mit darauf schwimmenden Toastbröckchen. Der Napf stand auf einem Kiesweg in der Nähe der Stufen, die zum Hintereingang eines Stuckhauses führten. Zwei Katzen waren dabei, den Inhalt aufzuschlappen; sie kauerten auf den Hinterpfoten, mit vor Zufriedenheit halbgeschlossenen Augen. Seine letzten Kräfte zusammenraffend, fiel Bruce über sie her – Katzen oder Milch, ganz gleich, am besten alle drei. Doch die Katzen waren zu schnell für ihn. Schreiend und fauchend stoben sie auseinander, eine die Treppe hinauf, die andere auf einen Baum. Damit war die Milch, die köstliche Milch, sein, und er schluckte sie gierig herunter. Die warme Flüssigkeit troff seine Lefzen herab und machte weiße Flecke in seine langen schwarzen Schnauzhaare. Erst als er die letzten Tropfen ableckte, flog die Verandatür auf. Eine fette grauhaarige Frau im Morgenrock stürzte auf die Veranda, brüllte etwas und klatschte in die Hände.

»Du gräßlicher Köter«, schrie Fräulein Geddis und stampfte mit den Hausschuhen auf den Boden. »Hau ab!«

Der Napf war leer. Bruce wich ins Gras zurück. Fräulein Geddis sauste die Treppe herunter, nahm eine Handvoll Kies auf und warf ihn nach Bruce. Bruce zog sich weiter zurück und setzte sich. Er fühlte, wie die nahrhafte Köstlichkeit sich in seinem Magen ausbreitete und beobachtete die Frau, wie sie zu dem Baum hinüberging und die Katze von dem Stamm löste, an den sie sich mit allen vier Pfoten festgekrallt hatte.

»Geh nach Hause«, schrie sie Bruce zu und trug die Katze und den Porzellannapf die Treppe hinauf. Dann verschwanden Fräulein Geddis und die Katzen im Haus.

Bruce legte sich ins Gras und wartete. Wo ihm einmal etwas Gutes widerfahren war, könnte auch zum zweiten Mal etwas Gutes passieren. Doch während der Morgen verging und immer heißer und stickiger wurde, belohnte man seine Geduld nur mit einem Staubwedel, der in seine Richtung aus dem Fenster geschüttet wurde, und einem Wasserstrahl aus einem Gartenschlauch.

Gegen Mittag gab er seine Wache auf und hinkte davon, um die Straßen in der Nachbarschaft abzusuchen. Der Kehricht war abgeholt worden, und die Mülltonnen lagen leer und zur Seite gekippt auf den Gehsteigen. Ein paar abgenagte Hühnerknochen, die Bruce aus einer braunen Tüte zerren mußte, waren das beste, was er finden konnte. Zur Stunde des Abendessens – wenn die Roberts zu Abend aßen – war er zu Fräulein Geddis Haus zurückgekehrt. Zweimal trat Fräulein Geddis an die Küchentür, um nachzusehen, ob er noch da war. Dann kroch er näher, bat sie mit den Augen und wedelte mit dem Schwanz. Wieder überfiel ihn ab und zu einer der gräßlichen Schwindelanfälle. »Geh nach Hause«, rief Fräulein Geddis wieder, aber ihre Stimme klang nicht mehr so überzeugend.

Abends kurz vor neun erhob sich plötzlich ein Wind, der von sich näherndem Donnergrollen begleitet wurde. Bruce kroch die Stufen zur Veranda empor und lehnte sich schutzsuchend gegen das Fliegenfenster. Donner und Blitz hatten ihm stets Angst eingejagt, so daß er sich früher unter Vickys Bett versteckte. Gleich darauf begann es zu regnen, erst in zögernden Tropfen, dann in Strömen. Bald prasselte der Regen herab und blies in kalten nassen Böen zur offenen Veranda herein. Zitternd und naß bis auf die Haut kroch Bruce näher zur Tür. Seine Pfoten schleiften im Wasser und sein Schwanz hing in einer Pfütze, die immer tiefer wurde.

Plötzlich ging das Licht auf der Veranda an. »Wer ist da?«

rief Fräulein Geddis. Bruce lauschte aufmerksam und hörte auf zu zittern, damit er besser hören konnte. Aber außer dem Geräusch des herabströmenden Regens, dem Peitschen der Zweige im Sturm und Fräulein Geddis' raschem Atem war es still. Wieder packte Bruce das Zittern, so daß sein bebender Leib an der Drahttür rüttelte.

Nun öffnete Fräulein Geddis die innere Tür einen Spalt und lugte heraus. »Oh nein, nicht du schon wieder!« rief sie. »Verdammt!« wiederholte sie. »Du bist wirklich eine Plage.« Dann wandte sie sich der Küche zu, hob die Katzen von ihren Kissen neben dem Ofen und trug sie ins Wohnzimmer. Danach schlang sie sich den Rock eng um die Knie und stieß die Tür auf, wobei sie sich so weit wie möglich von dem Hund fernzuhalten suchte. Bruce schlüpfte hinein.

Es war das erste Haus, das er betrat, seit er die Roberts vor acht endlosen Tagen verloren hatte. In der Mitte der Küche stehend schüttelte er sich heftig. Das Wasser spritzte in allen Richtungen und beschmutzte die weißen Regale und das saubere Linoleum. »Typisch Hund«, rief Fräulein Geddis aus. »Hier, komm hierher. Raus mit dir!«

Bruce trottete hinter ihr her in den Keller. Dort breitete sie Zeitungspapier auf den Betonboden. »Leg dich da hin«, befahl sie. Bruce plumpste gehorsam zu Boden. Wenn das Bett auch nicht weich war, es war wenigstens trocken. Fräulein Geddis ergriff einen Handtuchfetzen und betupfte seinen tropfenden Kopf. Dankbar senkte er seinen mageren Hals und erlaubte ihr, ihn zu berühren. Während sie ihn abwischte, stießen ihre Finger auf die metallene Hundemarke an seinem Lederhalsband, das sich unter seiner verfilzten Halskrause verbarg.

»Also gehörst du doch jemandem«, sagte sie, »das hab' ich mir schon überlegt.« Sie gab ihm einen Klaps und stand auf. »Vermutlich möchtest du etwas fressen?« Bei dem Wort Fressen leuchteten Bruce' Augen, und sein nasser Schwanz raschelte über das Papier.

In wenigen Minuten kam sie mit einem Teller voller Reste

wieder, Büchsenfutter für Katzen und zerbröckeltes Brot. Der Hund erhob sich mühsam. »Wie wär das?« fragte sie und stellte den Teller auf das Zeitungspapier. Er war fast leer bevor sie die Worte ausgesprochen hatte.

»Du meine Güte, du mußt ja halb verhungert sein!« Bruce hob den Kopf, Hoffnung in den schimmernden Augen. »Nein, nein, das war's, mehr habe ich nicht.« Sie hob den Teller auf und wandte sich zur Treppe. Bruce trottete hinter ihr her. Auf der obersten Stufe blieb sie stehen und schaute auf ihn herab. »O zum Teufel, du machst ja mehr Mühe als sechs Katzen.« Dann verschwand sie und schloß die Tür hinter sich.

Er blieb stehen und schwankte hin und her, als wollten seine Beine gleich unter ihm nachgeben. Dabei hörte er, wie sie über ihm in der Küche auf und abging und etwas vor sich hinmurmelte. Fast hatte er alle Hoffnung aufgegeben, da erschien sie wieder, und stellte nochmals einen gefüllten Teller vor ihn hin.

»Jetzt gibt's aber nichts mehr.« Sie lief die Treppe hinauf und löschte das Licht im Keller, bevor sie sehen konnte, wie das Tier schlang und zum dritten Mal schwach werden würde.

Am nächsten Morgen, als Fräulein Geddis Bruce nach oben rief, starrte sie ihn ungläubig an. Das war doch nicht derselbe Hund! Der Regen des vergangenen Abends hatte den Schmutz aus seinem Fell gewaschen. Seine Pfoten waren schneeweiß geleckt und seine Zähne hatten alle Verfilzungen aus dem Fell gerissen, die sie packen konnten. Die langen dunkelbraunen Deckhaare waren inzwischen getrocknet und plusterten sich um seinen Körper, dessen erbarmungswürdige Magerkeit auf diese Weise ein wenig getarnt wurde. Die stolze Linie seines Kopfes und Nackens verriet, daß er ein Vollblut war. Hübsch hin und her, dachte Fräulein Geddis, nahm sich zusammen und stieß ihn vor die Tür. »Weg mit dir«, rief sie und klatschte in die Hände. »Geh nach Hause.« Als das Tier die Treppe herunterhinkte, bemerkte sie seine kleinen, gleichmäßig gezeichneten weißen Pfoten. Sie waren nicht viel größer als die Pfoten ihrer Katzen. Für einen Hund ist er wirklich hübsch, dachte sie.

Zehn Minuten später war Bruce wieder da und preßte seine schwarze Nase gegen die Gittertür. Und während sie am Küchentisch saß und ihr Frühstück aß, ließ er sie nicht aus den Augen. Er läßt einem keinen Frieden, dachte sie ärgerlich und versuchte, ihn nicht zu beachten. Sie wandte ihm den Rücken zu, nahm die Zeitung und versuchte zu lesen.

Doch als sie das Frühstücksgeschirr abgewaschen hatte, konnte sie es nicht mehr aushalten. Sie öffnete die Eisschranktür. »Also, das Ganze noch mal von vorn«, sagte sie laut und sah ihn an. »Aber diesmal, mein Freund, ist es endgültig das letzte, was du von mir bekommst.«

Während Bruce auf der sonnenbeschienenen Veranda stand und das in Milch eingeweichte Brot gierig verschlang, wählte Fräulein Geddis eine Telephonnummer. »Ich habe hier einen Hund«, sagte sie, »einen hübschen Hund, so was ähnliches wie ein kleiner Collie. Aber ich kann ihn einfach nicht behalten.« Bruce hörte die Worte, ohne sie zu verstehen. »Ja, er ist herrenlos, aber er hat eine Hundemarke. Er muß jemandem gehören. Nur weiß ich nicht, wer das ist. Das können Sie aber doch feststellen, nicht wahr? Ja danke. Wenn Sie heute irgendwann in die Nr. 214 Saunders Street kommen könnten, wäre ich Ihnen dankbar. Ich kann ihn schon deshalb nicht behalten, weil ich zwei Katzen habe, die mir zugelaufen sind. Und das wird nun zuviel.« Sie lachte kurz auf. »Ja gut. Ich lasse ihn vorn auf dem Vorplatz, falls ich nicht da sein sollte.«

Fräulein Geddis hängte auf und trat auf die Veranda. Bruce näherte sich, und seine Schwanzspitze bewegte sich langsam hin und her. Zum ersten Mal schenkte ihm jemand Aufmerksamkeit nach dem, was ihm wie eine Ewigkeit vorkam. »Harrh, har-rh«, sagte er mit lächelnden Augen.

»Na weißt du, du bist schon ein witziger Hund.« An ihrer Hand hing ein Stück Wäscheleine. »Na komm«, sagte sie. Bruce folgte ihr neugierig und gehorsam zur Vorderseite des

Hauses. Dort band sie ihn mit der Leine an einem Baum fest. Mit einer Art hündischem Achselzucken ließ er es sich gefallen, obwohl er den Sinn nicht begreifen konnte. Er war noch niemals angebunden worden und außer aus Sehnsucht, Vicky wiederzusehen, hatte er auch noch nie Lust verspürt, wegzulaufen.

Erst am Nachmittag hielt ein Wagen vor der Nr. 214. Gelangweilt erhob Bruce sich in sitzende Stellung, um besser sehen zu können. Hinter dem Lenkrad kroch ein schmuddeliger Mann mit groben Gesichtszügen hervor, in Turnschuhen und einem karierten Hemd, der nun hinter den eingebeulten Wagen trat und den Kofferraum öffnete.

Fräulein Geddis, die sich auf der Veranda im Schaukelstuhl wiegte, während sie einen Rocksaum nähte, zu beiden Seiten eine Katze, legte ihre Näharbeit beiseite und kam die Stufen herunter.

»Sie wollen ihn doch nicht da 'reinstecken?« fragte sie, während sie sich näherte und auf den Kofferraum wies.

»Wohin sonst, vorn habe ich schon drei.«

»Um Gottes willen, ich hatte keine Ahnung, daß Sie noch mehr holen müßten.« Sie trat näher und schaute durch das Wagenfenster. Drei Tiergesichter, deren Mienen zwischen Hoffnung und Angst schwankten, erwiderten ihren Blick. Die Hunde, ein kleiner und zwei große, standen im leeren hinteren Wagenteil, aus dem die Sitze entfernt worden waren. Fräulein Geddis wandte sich dem Kofferraum zu. »Wird er da hinten auch nicht ersticken?«

»Hören Sie mal, Lady –«, die Stimme des Mannes klang verärgert, »dieser Wagen ist nicht dafür gebaut worden, Hunde zu transportieren. Aber es geht ein Lüftungsschlitz vom hinteren Teil des Wagens in den Kofferraum, hier, sehen Sie?«

Ja, sie sah ihn, eine Öffnung, ungefähr 20 x 8 cm groß. Besonders wenn sich der Hund dagegenlehnte, schien sie nicht ausreichend zu sein, aber Fräulein Geddis mußte wohl annehmen, daß der Mann seine Erfahrungen hatte.

»Ich weiß gar nicht, wie Sie heißen«, sagte sie.

»Puglia, Luigi Puglia.«

»Herr Puglia, ich möchte Sie nur darauf aufmerksam machen, daß dies ein sehr lieber Hund zu sein scheint.« Sie schaute zu Bruce hinüber, der aufrecht dasaß und mit seitwärts gewandtem Kopf und gespitzten Ohren zuhörte. »Er ist überhaupt nicht böse. Er benimmt sich einfach, als sei er verlorengegangen.«

»Wahrscheinlich Urlauber. Sicher sind sie abgereist und haben ihn nicht mitgenommen.«

»Sie meinen absichtlich? Gibt es wirklich Leute, die das tun?«

»Nur allzu oft.« Er rasselte mit der Kette in seiner Hand. Sie spürte, daß er abfahren wollte.

»Er hat eine Hundemarke am Halsband – das habe ich Ihnen schon gesagt, nicht wahr? Bitte stellen Sie fest, wem er gehört.«

»Das mach' ich jeden Tag.«

»Jeden Tag?« Sie sah unglücklich aus. »Gibt es denn so viele?«

»Massenhaft. Ich muß jetzt gleich noch einen abholen.« Er rasselte wieder mit der Kette.

»O mein Gott!« Ihre Augenlider zitterten. »Das – das habe ich nicht gewußt.« Ihre Finger tasteten nach den Perlen an ihrem Hals. »Was machen Sie denn mit so vielen Hunden?«

»Wenn sie niemand abholt – dann schläfern wir sie ein.«

»Aha, naja, das müssen Sie wohl.« Du mußt vernünftig sein, dachte sie. »Aber wie – wie machen Sie das?«

»Der Tierarzt gibt ihnen eine Spritze. Die Stadt bezahlt ihn, nicht ich. Die Stadt bezahlt fünf Dollar pro Hund, deshalb gehe ich nicht immer zum selben Tierarzt. Ich möchte, daß jeder seinen Anteil bekommt, so machen alle Geschäfte.« Sie trat einen Schritt rückwärts. »Wie lange behalten Sie sie den, bevor Sie …?«

»Sieben Tage. Das schreibt das Gesetz vor, aber natürlich behalte ich *meine* Hunde oft länger.«

Sie sah Herrn Puglia an und überlegte. Er war so deprimierend mit seinen gelben Eckzähnen, den dunklen Ringen unter den Augen und den Schmutzfalten im Nacken. »Wenn ihn niemand abholt«, sagte sie, und die Worte sprudelten hervor, »wenn ihn in den nächsten sieben Tagen keiner holt, dann versprechen Sie mir, daß Sie mir Bescheid sagen. Bitte, ganz bestimmt?«

»Na klar.«

»Dann behalte ich ihn oder finde ein gutes Heim für ihn.«

»Gut. Nichts macht mich glücklicher, als wenn meine Hunde ein gutes Zuhause finden.«

Warum sprach er nur von »seinen Hunden«? Vielleicht gefielen ihm einige, und er mochte sie sogar? Sie wünschte sich so sehr ein bißchen Zuversicht, obwohl sie ihre bohrenden Zweifel nicht verscheuchen konnte.

Nachdem er nun endlich – so fand Herr Puglia – die Vorreden der Aktion hinter sich hatte, ging er auf Bruce zu. Der stand sofort auf. Er wußte, daß sie über ihn gesprochen hatten und das machte ihn schüchtern und nervös zugleich. Böses ahnend gähnte er, streckte sich und trat dann Schritt für Schritt zurück, bis die Leine sich straffte. Mit hochgezogenen Schultern und gesenktem Kopf beobachtete er den Mann, der sich ihm näherte.

»Lassen Sie mich ihn losbinden«, sagte Fräulein Geddis und trat dazwischen. »Er kennt mich schon.« Es hatte keinen Zweck, mit ihr zu streiten, entschied Puglia, und übergab ihr die Kette. Mit leichtem Schreck stellte sie fest, daß zwei Finger an seiner Hand fehlten. Ein Unfall mit einer Maschine? Oder ein Hundebiß?

Fräulein Geddis beugte sich vor, löste die Knoten der Wäscheleine und hakte die Kette an Bruce' Halsband. »Sehen Sie«, sagte sie und reichte Puglia das andere Ende der Kette, »er hat wirklich ein nettes Wesen.«

Bruce sah voller Angst zu ihr auf. Sie fühlte seinen Blick wie einen Stich ins Herz. Die Sache mit den dreißig Silberlingen, dachte sie, und dann, sich schnell korrigierend: das ist ja lächerlich, fast blasphemisch. »Auf Wiedersehen, Jungchen«, sagte sie und gab Bruce einen leichten Klaps auf den Kopf.

Bruce hinkte zwischen ihnen über das Gras, vorsichtig mit den geschwollenen Pfoten auftretend. Der Boden war vom Gewitter der vergangenen Nacht immer noch feucht und fühlte sich weich und kühl an. Gott sei Dank ahnte er in diesem Augenblick nicht, daß seine Pfoten von nun an mehr als drei Jahre lang kein Gras mehr unter sich fühlen würden.

Warum, wunderte sich Fräulein Geddis, bin ich plötzlich so bedrückt? Es war doch gar nicht ihr Hund, und sie trug keine Verantwortung für sein Schicksal. Dennoch wünschte sie sich jetzt, daß sie freundlicher zu ihm gewesen wäre. »Wenn Sie ihn schön kämmen und bürsten könnten, würde er sich bestimmt viel besser fühlen«, sagte sie. Luigi Puglia antwortete nicht. Vielleicht hatte er für solche Arbeiten keine Zeit, vielleicht gehörte das gar nicht zu seinen Aufgaben. Aber jetzt fiel ihr etwas viel wichtigeres ein: »Was bekommen die Tiere denn zu essen?« fragte sie. – Sie hatten inzwischen den Wagen erreicht.

»Oh, eine Menge.«

»Bekommen Sie denn auch Fleisch? Ich hatte leider keins … ich meine, von mir hat er keins bekommen.« Sie dachte an das Hackfleisch, das sie ihm mit voller Absicht nicht gegeben hatte.

»Sie bekommen zweimal in der Woche Fleisch. Machen Sie sich keine Sorgen.«

Aber sie machte sich welche. »Er ist doch halb verhungert«, sagte sie. »Bitte geben Sie ihm ein gutes Abendessen. Natürlich habe ich ihn gefüttert, aber seit heute morgen hat er nichts mehr bekommen, und Sie sehen ja selbst, wie erbärmlich mager er ist, nicht wahr?«

Während sie noch sprach bückte sich Puglia und hakte die Kette ab. Ehe Bruce begriff, was ihm geschah, hatten die Arme in dem verschwitzten karierten Hemd ihn ergriffen, in den Kofferraum gestopft und den Deckel zugeschlagen. Er stieß mit dem Kopf heftig an den Wagenheber und heulte vor Schmerz auf.

»Mein Gott, was war das?« schrie Fräulein Geddis. Falten verzogen ihr Gesicht, und sie sah so verschrumpelt aus wie ein alter Blumenkohl.

»Oh nichts. Er hat sich an irgendwas gestoßen. Das kann nicht schlimm sein.« Luigi Puglia hatte genug von dem Quatsch, den die Frau von sich gab. Wenn sie sich derartige Sorgen um den Köter machte, warum behielt sie ihn dann nicht? Er ging um den Wagen herum, stieg ein und drehte den Zündschlüssel.

Der Wagen fing an zu rütteln. Drei verängstigte Tiergesichter sahen Fräulein Geddis an. »Dienstag, nächsten Dienstag rufe ich Sie an«, rief Fräulein Geddis Puglia durch die geschlossene Scheibe zu. »Sie vergessen es vielleicht.«

Puglia nickte und winkte mit der dreifingrigen Hand. Der Wagen setzte sich in Bewegung.

Sie blieb auf dem Gehsteig stehen und sah ihm nach, wie er die Straße hinunterfuhr und an der nächsten Kreuzung einbog. Dann preßte sie eine Hand auf ihren Mund und rannte davon, als wenn jemand hinter ihr herwäre. Ihr Atem ging stoßweise, als sie die Verandastufen hinauf in die Geborgenheit ihres Hauses strebte. Die Katzen lagen noch immer zusammengerollt auf dem Liegestuhl. Sie kroch zwischen sie und drückte das Kleid mit dem genähten Saum an sich. Mit aufgerissenen Augen, die nichts sahen, starrte sie auf die berankten Häuser auf der anderen Seite der Straße. »Oh, hätte ich doch nicht angerufen«, stöhnte sie, »oh, hätte ich's doch nur nicht getan.«

Viertes Kapitel

Bruce balancierte auf allen Vieren in der Dunkelheit des Kofferraums und ließ den verletzten Kopf hängen. Er konnte die Stimmen von Fräulein Geddis und Luigi Puglia hören und die Hunde auf der anderen Seite der Trennwand riechen; er konnte vor allem ihre Angst riechen. Der Wagen fuhr an, und in der undurchdringlichen Finsternis packte ihn tödlicher Schrecken. Seine Krallen bohrten sich in den Boden, um das Gleichgewicht nicht zu verlieren, und er fühlte, wie der Wagen sich in die Kurven legte und ihn nach vorn ins Nichts schleuderte. Sein Herz hämmerte, sein Körper bebte. Speichel tröpfelte in sein weißes Fellätzchen.

Einmal hielten sie an, blieben mit laufendem Motor stehen, und er hörte Stimmen, unbekannte Stimmen. Dann öffnete sich der Kofferraum für einen kurzen Augenblick – ein Blitz Tageslicht, ein Atemzug frische Luft – und noch ein Hund, ein norwegischer Elchhund, landete neben ihm. Und schon schlug der Deckel wieder zu, und sie fuhren weiter, rüttelnd hin- und herschwankend. Die beiden einander fremden Hunde versuchten verzweifelt, sich auszuweichen, stießen aber immer wieder zusammen. Bruce fing an zu würgen, aber es kam nur Galle. Das Frühstück war schon verdaut.

Schließlich verließ der Wagen die Straßen der Stadt und rumpelte ein paar hundert Meter einen steinigen Pfad voller Schlaglöcher entlang. Am Ende des Weges öffnete sich ein halbkreisförmiges Stück Ödland, das hoch über einem bewaldeten Abhang lag. Am Rande des Abhangs stapelten sich riesige Abfallhaufen, Blechdosen, Flaschen, Autowracks, alte Öfen, Bettfedern. Aus den Bergen brennenden Kehrichts züngelten Flämmchen, und dünne Rauchwolken erhoben sich in die stille Nachmittagsluft.

Puglia hielt auf der anderen Seite des Plateaus vor einer verwahrlosten, halb zusammengebrochenen Holzbaracke, stellte den Motor ab, stieg aus dem Auto und schloß die Tür des Gebäudes auf. Aus dem Innern scholl ihm ein Chor von Gebell und aufgeregtem Kläffen entgegen.

Einer nach dem anderen wurde der lebende Inhalt des Wagens herausgeholt und im Innern des Baus in Käfige gesteckt. Als alle Käfige besetzt waren, stopfte Puglia den Elchhund in eine Box zu einem anderen Hund. Der hatte Ähnlichkeit mit einem Langhaardackel, ein rotbraunes, rührendes Geschöpf mit buschigen Ohren und zottigem Schwanz, das während der nun folgenden Stunden unaufhörlich winselte. An einem Ring in der Wand hatte Puglia einen deutschen Schäferhund festgebunden, weil er viel zu groß für die Käfige war. Im Ganzen waren elf Hunde da.

Es gab keinen Auslauf. Die Käfige, aus denen die abgebrochenen, spitzen Enden von rostigem Maschendraht nach innen und außen ragten, waren Tag und Nacht der einzige Lebensraum der Tiere. Einige dieser Boxen waren so klein, daß größere Tiere nicht auf allen Vieren darin stehen konnten, und selbst mittelgroße Hunde hatten kaum Platz zum Umdrehen.

Die Baracke hatte keine Zuleitungen von außen, weder für fließendes Wasser noch für eine Heizung im Winter. Flöhe, Läuse und Zecken gediehen in Mengen, und wenn ein Hund dazukam, der an Staupe, Hepatitis oder an einer anderen Krankheit litt, dann riskierte man eben, daß die anderen sich ansteckten.

Luigi Puglia wohnte etwa fünf Kilometer von der Mülldeponie entfernt – oder von der »Beseitigungsanlage«, wie es den Stadtvätern beliebte, sie zu nennen. Er hatte einen festen Arbeitsplatz als Fahrer eines Lastwagens der Städtischen Straßenreinigung von Hartsdale. Der Job als Hundewärter trug ganz einfach zusätzlich zu seinem Einkommen bei. Laut gesetzlicher Bestimmung mußte die Stadt ihm einen Dollar pro Tag zahlen für jeden toten Hund, den er fand, und fünf Dollar für jeden streunenden Hund; zwei Dollar pro Tag mußte der Besitzer zahlen, wenn er seinen Hund wiederhaben wollte. So oft wie möglich kassierte Puglia zweimal Gebühren, die von der Stadt und die vom Hundebesitzer. Das war zwar illegal, konnte aber nur schwer nachgewiesen werden und vermehrte seine Einkünfte. Puglia war niemals in der Pflege und Fütterung von Hunden ausgebildet worden, aber das galt auch für die übrigen dreihundert Hundewärter im ganzen Staat.

Da es ebenso anstrengend wie ermüdend war, zwei verschiedene Arbeiten zu verrichten, versuchte Puglia, seine Kräfte möglichst zu schonen, indem er den Hundezwinger von Zeit zu Zeit vollständig ausräumte. Wenn es keine Insassen mehr gab, brauchte man die Käfige nicht zu reinigen und niemanden zu füttern; außerdem gab es keine langwierigen Auseinandersetzungen mehr mit aufgeregten Leuten, die ihre verlorengegangenen Lieblinge suchten. Er konnte ihnen dann wahrheitsgemäß sagen, daß der Zwinger leer war. Natürlich war es schade, wenn dadurch die zweite Gebühr wegfiel, aber es gab ja noch andere Möglichkeiten, etwas zu verdienen, die weniger anstrengend waren.

Sobald sich aber mehrere Hunde in der Sammelstelle befanden, fuhr Luigi Puglia nach Beendigung seiner Arbeit einmal am Tag zur Baracke und brachte ihnen in zwei Eimern Futter und Wasser. Die größeren Hunde tranken direkt aus dem Eimer, für die kleinen goß er es in rostige Kaffeedosen. Das Futter bestand zwölf Monate im Jahr aus einem kalten Brei aus mit Wasser angerührtem Maismehl. Wenn es in der örtlichen Ladenkette einen Ausverkauf gab, fügte Puglia einige Bissen zerkleinertes kaltes Pferdefleisch hinzu. Da die Tiere nur kurze Zeit in der Sammelstelle blieben, war ja keine Abwechslung in der Nahrung nötig. Und davon abgesehen, das hatte Puglia beobachtet, nach dem ersten Tag verschlangen die Tiere sowieso alles, was ihnen vorgesetzt wurde.

Es gab nicht nur keine Heizung im Winter, sondern auch keine frische Luft im Sommer. Die Sonne brannte erbarmungslos auf das unbeschattete Teerpappedach. Und der beißende Rauch der niemals verlöschenden Abfallfeuer drang durch die halboffenen Fenster herein. Vierundzwanzig Stunden am Tag konnten die Gefangenen ihre Käfige, die nach ihren Exkrementen stanken und in denen es weder Bewegung noch Mitleid gab, nicht verlassen. Nur wenn ihr Quartier allzusehr vor Dreck starrte, holte sie der Hundefänger einzeln heraus, um die notwendigen Arbeiten zu verrichten, aber er hatte schon vor langer Zeit festgestellt, daß er sich die meiste Mühe ersparen konnte, wenn er den Zwinger nur dann säuberte, wenn alle Insassen evakuiert worden waren.

Diese Insassen verbrachten die meiste Zeit damit, zu schlafen, zu winseln oder an ihren Käfiggittern und an sich selbst zu kratzen. Außerdem zitterten sie, seufzten, drehten sich um sich selbst, hofften und erinnerten sich an bessere Tage.

Am Sonntag nachmittag, dem fünften von Bruce' Gefangenschaft, fuhr ein grünes Cabriolet vor der Baracke vor, und ein Mann mit dem Blick eines Wiesels stieß die Tür auf. Puglia war gerade dabei, die tägliche Wasserration auszuteilen. »Hallo«, sagte er und schaute auf.

»Ich war bei dir zu Hause«, sagte Zyskowski, »deine Frau meinte, du wärest hier. Wie geht's denn so?«

»Ganz gut. Immer dasselbe. Macht einen kaputt. Was gibt's Neues?«

»Nichts besonderes.« Joe Zyskowski setzte sich auf eine Ecke des Tisches und zündete sich eine Zigarette an. »Ich wollte mir bloß fünfzehn für morgen aussuchen.«

Luigi Puglia sah sich im Raum um. Seit Bruce' Ankunft hatte es zwei Veränderungen gegeben. Der Langhaardackel war von seinem Besitzer abgeholt worden, und ein Cocker Spaniel war eines natürlichen Todes gestorben – er hatte das Futter verweigert. »Ich hab' aber bloß sieben«, sagte Puglia, »es war zu heiß, um viel herumzulaufen.«

»Ich zähle aber neun.«

»Trotzdem. Einer hat die Räude, den würden sie 'rauswerfen. Und der da« – er zeigte auf Bruce – »wird am Dienstag wieder abgeholt.«

»Was heißt das, wieder abgeholt?«

»Das was ich sage. Eine Frau in der Saunders Street hat ihn

mir übergeben, damit ich den Besitzer ausfindig mache, sonst nimmt sie ihn wieder. Das bedeutet vierzehn Dollar aus ihrer Tasche, wenn sie das auch noch nicht weiß.«

»Wer ist denn der Besitzer? Hast du ein Inserat aufgegeben?«

»Das war nicht nötig. Er hatte eine Hundemarke. Ich hab' schon zweimal angerufen, aber da meldet sich niemand.«

»Da fällt mir ein«, sagte Zyskowski, »ich hab' kein einziges Inserat von dir in der Zeitung gesehen. Seit ich das letzte Mal bei dir war, hab' ich immer wieder nachgesehen und nichts gefunden.«

Puglia zuckte die Achseln. »Hör mal, Luigi, ich mach' keinen Spaß. Du kannst uns alle in Schwierigkeiten bringen, und vielleicht gefällt mir das nicht. Du weißt verdammt gut, daß du von Gesetzes wegen verpflichtet bist, Inserate aufzugeben, und das in der Rubrik ›verloren, gefunden‹ und nicht wie Lynch das macht, der seine Inserate einfach irgendwo abdrucken läßt. Aber er tut wenigstens *etwas*!«

Puglia fing an, die Kaffedosen ineinanderzustellen. »Mann, noch mehr Ärger«, stöhnte er. »Wenn ich Zeit habe, rufe ich die Leute an, und wenn ich keine habe, dann laß' ich's bleiben. In dem Fall bekommst du sie. Warum regst du dich also auf?«

»Mein Gott, tu doch nicht so blöd! Nimm den Hund, den du eben erwähntest – ist er aus Hartsdale?«

»Ja.«

»Na, das meine ich ja grade. Angenommen die Frau nimmt ihn wieder, und eines Tages kommen die wirklichen Besitzer zu ihr oder sehen ihren Hund auf der Straße – da könnten die Leute schon darauf kommen, mal in die Zeitung zu schauen, ob du jemals ein Inserat aufgegeben hast.«

»Ist aber in drei Jahren niemals passiert. Warum sollte es also jetzt passieren?«

Puglia stand in der Türfüllung, Schultern und die Sohle eines seiner Baskettballschuhe an den Rahmen gelehnt.

»Du machst mich noch verrückt«, brüllte Zyskowski. »Ich

hab's dir immer wieder gesagt.« Er sprang vom Tisch herunter und begann, auf und ab zu laufen. Der Schäferhund und dann die anderen fingen an zu bellen. »Schnauze!« schrien beide Männer. Der Lärm verstummte bis auf ein allgemeines Zittern, Schnaufen und Seufzen.

»Kapier' das doch mal, Luigi, ich hab' dir ein Dutzend mal gesagt, daß du Inserate aufgeben mußt. Und jetzt sag' ich's dir hier und jetzt zum letzten Mal, oder wir sind fertig miteinander. Nur weil du so dickköpfig bist. Ich will nicht vor Gericht müssen. Deinetwegen nicht und auch nicht wegen sonst jemandem. Begreifst du denn nicht, daß du riskierst, die ganze Sache platzen zu lassen. Bisher haben wir nur Schwein gehabt. Ich will aber nichts mehr riskieren. Also du machst das jetzt oder du läßt es.«

Puglia wackelte mit dem Kopf, zog ein zerdrücktes Päckchen Zigaretten aus der Tasche, feuchtete eine der Zigaretten mit der Zunge an und versuchte, nachzudenken.

Zyskowski begriff, daß er eine Dummheit gemacht hatte. »Hör mal«, sagte er, »ich verstehe nicht, warum du so bockig bist. Du bezahlst doch die Anzeigen nicht. Das tut doch die Stadt, oder? Und du brauchst dir auch nicht den Kopf zu zerbrechen und dir tolle Formulierungen auszudenken wie ›gescheckter Bullterrier‹ oder ›dreifarbiger Basenji‹ oder sowas. Ich könnte dir ein paar Muster aufsetzen. Ja, es wäre sogar gescheiter, was zu inserieren, was du gar nicht hast, als Tiere, die tatsächlich da sind. Auf diese Weise wird niemand benachteiligt. Aber du mußt die Inserate in deiner Handschrift schreiben und dann aufgeben. Kapiert?«

»Gut, ja gut.« Puglia fuhr sich mit der Hand über das schmuddelige Gesicht. »Aber das bringt eine Menge Arbeit und kaum etwas ein – ich meine Geld.«

»Wieso den das?« frage Zyskowski und zog ein Notizbuch aus seiner Tasche. »Das sag' nicht noch mal. Hör zu. Du bekommst zweieinhalbmal mehr als ich. Was willst du denn noch? Und erinnerst du dich, wieviel Geld ich dir im vergangenen Jahr auf den Tisch des Hauses legte?«

Puglia machte ein gelangweiltes Gesicht. »Wer fragt danach, das ist alles futsch.«

»Ich frage danach. Ich hab's bezahlt, und da steht es, hier in dem Buch.« Er klatschte das Notizbuch auf seine Handfläche. »Ich hab' dir 1020 Dollar gezahlt. Das ist 'ne Menge Zaster. Worüber jammerst du also?«

»Ich jammere überhaupt nicht. Ich muß bloß dauernd für alles herumrennen. Und du brauchst nur mal eben vorbeizukommen und nimmst ...«

»Ich komme hier vorbei und noch an sechs anderen Stellen«, unterbrach Zyskowski, »und du hast großes Glück, daß es hier nicht so geht wie bei den anderen Sammelstellen, wo sie sie nach Gewicht verauktionieren. Und vergiß nicht, daß ich die Verbindungen habe. Ohne mich wärest du aufgeschmissen. Hör zu, Luigi, zwischen uns besteht eine prima Vereinbarung. Unser Geschäft mit ausgestopften Tieren ist das beste in diesem Staat, wenn wir das Spiel weiter gut spielen. Also sag' ich dir noch mal: gib den Hund nicht an die Frau zurück. Er kommt morgen mit mir, und das macht dann acht Tiere. Welcher ist es denn?«

Puglia zeigte mit der Schuhspitze auf Bruce. »Der da, der wie ein Zwergcollie aussieht.«

Zyskowski ging zum Käfig hinüber. »Gar nicht übel, wenn bloß sein Fell nicht so verfilzt wäre.« Er beugte sich vor und hakte den verrosteten Türriegel auf. »Komm 'raus«, befahl er.

Bruce duckte sich in seinem Verschlag. Er hörte den rauhen Stimmen schon eine ganze Weile zu, – eine war barsch und eine süßlich – und jetzt hauchte ihn einer der beiden Männer mit einer Ausdünstung von Schnaps und Tabak an. Er fing an zu zittern. Was für neue Qualen standen ihm bevor? Einen Augenblick starrten sich Hund und Mensch an, dann kippte Zyskowski mit einem kräftigen Ruck den Käfig hinten hoch, so daß Bruce zu Boden geworfen wurde. Als er wieder auf den Pfoten stand, wich er knurrend zurück, mit gesträubtem Nackenfell und wütenden, wachsamen Augen.

»Ziemlich abgemagert, aber sonst nicht schlecht«, sagte Zyskowski, »ich wette, der steht im Zuchtbuch.«

»Kann sein, antwortete Puglia, »wäre ja nicht der erste.«

Zyskowski klopfte sich mit dem Daumennagel gegen die Zähne. »Ich hab' bestimmt recht, Luigi, wir könnten seinetwegen Unannehmlichkeiten bekommen. Wenn jemand Nachforschungen anstellt wie das blöde Weib vor ein paar Monaten.«

»Was für ein blödes Weib?«

»Oh, da ging es um einen von Lynch's Hunden, und es passierte, als ich unten im Süden war, und Jerry, das Rindvieh, meine Vertretung übernommen hatte. Sie behauptete, er sei ein Preispudel oder sowas. Ich hab's dir doch erzählt, aber du hörst ja nicht zu.«

»Gar nichts hast du mir erzählt. Was hat sie denn gemacht?«

»Was sie gemacht hat? Sie kam 'reingestürzt und hat den Laden fast kaputtgeschlagen. Wollte alle Hunde sehen, die sie hatten.«

»Haben sie das gemacht?«

»Natürlich. Das mußten sie doch. Sie hatte ihren Anwalt und einen Bullen mitgebracht.«

»Woher wußten sie denn, daß der Hund da war?«

»Jemand hatte ihn gesehen, jemand, der da arbeitete. Sie hatte in der Zeitung eine Belohnung ausgesetzt. Zweihundert Dollar.«

»Wer war das?«

»Wie soll ich das wissen, zum Teufel? Glaubst du wirklich, der macht das Maul auf? Er hat das Geld genommen. Und sie den Hund.«

»Zweihundert Dollar«, sagte Puglia, »gar nicht schlecht.«

»Ja, aber es geht mir um etwas anderes: alles ist in Ordnung solange das Tier noch in der Sammelstelle ist. Aber später nicht mehr. Und ich sag' dir, die waren vielleicht wütend. Sie zitierten Jerry auf die Matte und machten ihn fertig. Sagten ihm, daß sie solche Pannen nicht mehr dulden würden.

Begreif' doch, die haben genau solchen Bammel davor, daß jemand was 'rausfindet wie wir. Sie haben viel zu verlieren – und einen Ruf, und das ist mehr als du und ich vorweisen können. Sie wissen außerdem ganz genau, daß es nicht in Ordnung ist, was sie machen, aber Mann, sie tun so als ob, bis zum Ende! Und wenn irgendwas schiefläuft, dann sind wir dafür verantwortlich. Mach' dir da keine Illusionen, dann ringen sie die Hände und behaupten, sie hätten keine Ahnung gehabt. – Aber worum es jetzt geht, Luigi: dieser Hund« – und er zeigte mit einem dicken Finger auf Bruce – »kommt hier nicht 'raus so wie er aussieht. Du mußt ihm das Fell schneiden.«

»Klar – und was noch?«

»Komm, laß das Maulen. Stell' ihn auf den Tisch und hol' die Schere. Aber du mußt ihn hochheben, er sieht so aus, als wenn er mich nicht leiden kann.«

Puglias Miene drückte nicht gerade Begeisterung aus, als er im Durcheinander auf dem Regal nach der Schere und einer Schnur suchte, um dem Tier das Maul zuzubinden.

Eine Viertelstunde später war das ehemals so schöne Fell von Bruce – Halskrause, Mähne und weißes Lätzchen – nicht mehr vorhanden. Sein Rücken, die Flanken, die buschigen fuchsähnlichen Schwanzhaare, alles war abgeschnitten, und die dunkelbraunen, goldenen und schwarzen Haare lagen in kleinen Haufen auf dem Tisch und auf dem Boden. Jetzt wölbten sich die Rückenwirbel, Rippen und Hüftknochen des erbarmungswürdig abgemagertem Tieres unter der Haut. Zyskowski, der auf einem der Käfige saß und auf einem Zahnstocher kaute, sagte lachend:»Huch, kuck' doch, Luigi, der sieht ja jetzt mehr wie ein Schaf als wie ein Schäferhund aus.«

Mit hängendem Kopf, die Ohren zurückgelegt bis dorthin, wo einmal seine Halskrause gewesen war, stand Bruce regungslos da, das Herz voller Jammer. Mit seinem Fell waren auch sein Stolz und sein Mut dahin. Er fühlte sich entehrt und völlig verlassen.»Nimm ihm das Halsband und die Hundemarke ab, sonst vergißt du das noch«, sagte Zyskowski. »Und vergrab' sie! Ich möchte nicht, daß die hier herumliegen.«

Puglia warf Halsband und Hundemarke auf das Regal und stieß Bruce mit dem Fuß in den Käfig zurück. Das Tier brauchte dazu keine Aufforderung. Alles, was es sich wünschte, war ein Loch, in dem es sich verkriechen und auf immer verstecken konnte.

»Hast du was, wo wir das 'reinfegen können?« fragte Zyskowski und nahm einen Besen.

Puglia holte einen verwitterten Korb von draußen herein. Zusammen überquerten die Männer das menschenleere, kahle Feld bis zum Rand der Abfallgrube. Während Puglia den Korb ausschüttete, warf Zyskowski ein paar Lumpen und einen zerrissenen Unterrock darüber, die sich in der Nähe fanden. Dann sahen sie zu, wie die brennenden Streichhölzer die Fellbüschel ansengelten, darauf die Lumpen Feuer fingen, und das Haar sich allmählich zersetzte.

»Hör mal, Joe«, sagte Puglia auf dem Rückweg zur Baracke, »ich hab' eine Frage. Vergangene Woche habe ich mit Mahoney gesprochen …«

»Wer ist Mahoney?«

»Du kennst doch Mahoney – solltest es wenigstens. Der Polizeichef.«

»Ja, weiter.«

»Ich hab' ihm erklärt, daß ich für diese Arbeit keinen Treibstoffzuschuß bekomme. Manche Woche fahre ich mehr als 160 km herum, vom einen Ende der Stadt zum anderen. Und es ist doch nicht anständig, daß ich das aus meiner Tasche bezahlen muß.«

»Und was hat er gesagt?«

»Er hat bloß gelacht. Er sagte, kein Hundewärter bekäme einen Treibstoffzuschuß. Er meinte, wenn ich derart pleite wäre, dann sollte ich doch auf dem Heimweg noch einen Hund aufsammeln.«

Zyskowski zuckte die Achseln. »Ja, warum tust du's dann nicht? Die andern tun es doch auch.«

»Vielleicht haben sie mehr Platz, sie unterzubringen. Damit ist mir nicht geholfen. Nimm Marden, der hat eine Sammelstelle, die ist zweimal so groß wie meine Baracke.«

»Ja, aber Marden hat dafür ein anderes Problem, eine Frau, die allergisch gegen Hundehaare ist.« Zyskowski versuchte, mit einem Lachen von diesem Thema wegzukommen. »Er muß sich jedesmal umziehen, wenn er nach Hause kommt, sonst kriegt sie Pickel.« Zyskowski schlüpfte hinter das Lenkrad seines Wagens. Er spürte, daß Luigi im Begriff war, ihn wieder einmal anzupumpen, und das kam überhaupt nicht in Frage. »Also, auf morgen ungefähr um neun«, rief er. »Und beklag' dich Mahoney oder sonst wem gegenüber nicht dauernd über deine Probleme, sonst kommt noch eine von den alten Weibern in dieser Stadt auf die Idee, darüber nachzudenken, warum du soviel Benzin verbrauchst.«

Am folgenden Nachmittag etwa um vier Uhr saß Luigi Puglia auf der Treppe vor seinem Haus und schnitzte ein Spielzeugkanu für seinen Enkel, als er einen Mann mit einem Hund die Straße herunterkommen sah. Der Hund, ein großer schwarz und gelber Dobermann-Pinscher, ging brav an der Leine neben seinem Herrn. Gewöhnlich war Puglia um diese Stunde in der Baracke, um die Hunde zu füttern, aber an den Abenden, an denen sie abtransportiert wurden, ließ er die Fütterung aus. Zyskowski behauptete, sie machten sonst seinen Lieferwagen schmutzig.

Der Mann war in den Fünfzigern, mager und von durchschnittlicher Größe. Er trug einen ergrauenden Schnurrbart, und seine gewöhnlich fröhliche Miene war ernst. Jetzt bog er in den Weg ein, der zu Puglias Haus führte. Das Paar blieb am Fuße der Treppe stehen, und der Hund legte sich ohne Aufforderung ruhig neben den Mann und schmiegte sich an sein Bein. »Sind Sie der Hundewärter?« fragte der Mann.

Puglia nickte.

»Mein Name ist Tayser, Henry Tayser. Ich hoffe, Sie können mir helfen. Ich hab' da ein Problem.« Das ist vorsichtig ausgedrückt, dachte er. Puglia lächelte ihn wissend an. Probleme folgten Hunden wie ihre Schwänze, das wußte er schon lange.

»Ich werde ins Ausland versetzt – beruflich. Meine Frau und ich müssen noch an diesem Donnerstag abreisen, aber wir können den Hund nicht mitnehmen.«

Also das war's. Eine Sackgasse für Luigi. »Ich nehme keine Hunde in Pflege – außer denen in der Sammelstelle. Sie müssen ihn in ein Tierheim bringen.«

»Eben das möchte ich nicht. Wir werden ein ganzes Jahr lang weg sein und sind der Meinung, daß wir ihm ein Leben im Heim solange nicht zumuten können.«

»Warum geben Sie dann kein Inserat auf?«

»Das haben wir ja getan. Wie haben mehrmals inseriert, aber alle, die sich darauf meldeten, wollten junge Hunde oder kleinere. Carlo ist acht, und Sie sehen ja, wie groß er ist.«

Ja, das sah Puglia. Der Hund wog mindestens vierunddreißig Kilogramm, alles Muskeln, eine breite Brust und ein schwarzes Fell, blank wie ein eiserner Ofen, das schimmerte, als wenn man das Tier poliert hätte. »Der frißt aber 'ne Menge«, sagte Puglia.

Er konnte sich die Fleischmassen vorstellen, die in dem Maul wie Handwagen in einem Tunnel verschwanden.

»Nicht mehr als andere Hunde seiner Größe. Aber, wie ich gerade sagen wollte, erst glaubten wir, wir könnten ihn mitnehmen; leider gehen wir nach England.«

»Ja, da sieht es schlecht aus«, antwortete Puglia bedauernd. »Italien das wäre gegangen, aber England ...«

»Ich merke, Sie kennen die Einreisebeschränkungen. Wir hatten noch nie davon gehört.«

»Einreisebeschränkungen? Sprechen Sie von den Menschen?«

»Kaum. Ich spreche von ihren Gesetzen. In England haben sie Angst vor der Tollwut, und stecken alle Hunde sechs Monate in Quarantäne.«

Das gibt einen langsamen Umsatz, dachte Puglia. Da war keine Warnung nötig, niemals würde er in England arbeiten wollen.

»Die Sache ist die, ich wollte Sie fragen, ob Sie nicht jemanden wissen, der Carlo ein gutes Zuhause gibt. Nur das ist für uns wichtig, auf's Geld kommt es nicht an.«

Puglia blickte finster, während er die Möglichkeiten überdachte. »Im Augenblick nicht. Aber mit der Zeit – ich habe viele Verbindungen.« Verbindungen war ein schönes Wort, das Zyskowski oft benutzte.

»Das hilft uns leider nicht weiter. Meine Frau und ich sind uns darüber einig, daß wir nicht abfahren und ihn einfach zurücklassen – so auf gut Glück. Wir fürchten, er könnte in die falschen Hände geraten. Wir würden die Leute gern zuerst kennenlernen, damit wir sicher sind. Carlo war noch niemals woanders als bei uns, und wir haben ihn mit zehn Wochen bekommen.«

Jedesmal, wenn er seinen Namen hörte, blickte der Hund zu Tayser auf, und seine Augen glänzten vor Zuneigung.

»Ja, das ist ein Problem, wirklich ein Problem«, sagte Puglia. Man konnte förmlich fühlen, wie sich die Schlinge um Taysers Hals zuzog.

Ein großes Problem, dachte Tayser. Für ihn und seine Frau war der Hund wie ein Kind gewesen, vielleicht mehr als ein Kind, denn ein Tier kritisiert einen niemals und freut sich immer, mit seinen Menschen zusammen zu sein. Wenn nur Taysers Schwester den Hund hätte nehmen wollen, ihre Farm in Virginia wäre ein idealer Platz gewesen. Aber sie hatte einen erwachsenen Airdale und behauptete, daß die beiden sich nicht vertragen würden. Sie hätte es aber doch wenigstens versuchen können. Es war eine schreckliche Enttäuschung gewesen, denn Tayser hatte fest auf sie gezählt.

Der Mann stand regungslos da, den Blick auf den Kopf des Hundes gerichtet und äußerlich ruhig. Aber in seinem Inneren entfachte die wachsende Verzweiflung einen Sturm.

»Tja, was wollen Sie machen?« fragte Puglia und schnitt einen Span von seinem Kanu ab. Sie verschwendeten ihre Zeit.

Tayser preßte die Lippen zusammen, seine Kiefermuskeln zuckten. »Ihn einschläfern lassen, fürchte ich.« Die Worte, die er gehofft hatte, niemals aussprechen zu müssen.

»Das ist natürlich der beste Ausweg. Wer soll das denn machen?«

»Keine Ahnung.«

Es entstand eine Pause. »Ich habe da einen Tierarzt. Der macht das.«

»Wie heißt er?«

»Dr. Silverman. Er kommt gerade heute abend zu mir.«

»Heute abend? O Gott, so bald schon! Wegen einem von Ihren Hunden?«

»Ein Hund in der Sammelstelle hat die Räude.«

Armer, prächtiger Carlo. Ihn zusammen mit einem Hund auszulöschen, der die Räude hat. Carlo, der niemals erfahren hatte, was es bedeutet, krank zu sein. Tayser schaute wieder auf das Tier herunter und streichelte seine Ohren. »Wie macht er das denn?« fragte er. »Der Tierarzt, meine ich.«

»Er gibt ihnen eine Spritze.« Puglia schnappte mit den Fingern. »Und schwupps sind sie im Traumland und merken überhaupt nichts.«

Ich sollte es selbst tun, dachte Henry Tayser. Aber ich weiß ja nicht wie. Und selbst wenn ich wollte, ich würde etwas verkehrt machen. Und ich könnte es nicht ertragen. Er hob den Blick. »Und was geschieht dann mit dem Körper?«

»Silvermann erledigt das. Er begräbt sie. Dafür wird er ja bezahlt.« Höchste Zeit, auf's Geld zu sprechen zu kommen. Puglia legte das Kanu beiseite und erhob sich. Die Erfahrung hatte ihn gelehrt, daß man endlose Diskussionen am besten beendete, indem man sich bewegte.

»Wieviel würde das denn kosten?«

»Fünf Dollar, wenn Sie es durch mich machen lassen, sieben oder acht, wenn Sie ihn selbst zum Tierarzt bringen. Das entscheiden Sie.«

Hatte es noch Sinn, die Qual zu verlängern – und das Leben des Tieres um einige Stunden? Ja, es wären ein paar Stunden länger mit dem Gefährten, die aber durch Kummer verdüstert wären, und der würde deshalb nicht weniger. »Wenn es denn sein muß, muß es wohl sein.« Der Satz war heraus. Tayser zog seine Hand vom Kopf des Hundes zurück. Er konnte es jetzt kaum ertragen, ihn anzusehen. »Also gut«, sagte er, »übernehmen Sie es.«

Puglia ging ins Haus und holte die Kette, die in der Nähe der Tür hing, immer bereit zum Gebrauch. Hätte er doch nur gewagt, mehr als fünf Dollar zu fordern. Wenn der Mann so bald abreisen mußte, wäre es ein leichtes gewesen, mehr aus ihm herauszuholen. Aber es war wahrscheinlich besser, auf Nummer sicher zu gehen.

Er kam zur Verandatreppe zurück. »Was machen Sie denn beruflich?« fragte er.

»Textilien.«

»Das ist eine gute Branche – Textilien.« Jede Branche war besser als seine, finanziell betrachtet.

»Ich möchte den Arzt morgen anrufen, wissen Sie seine Telephonnummer?«

Puglia zog einen Bleistiftstummel aus der Tasche und die Rückseite eines Briefumschlags. Er leckte die Bleistiftspitze an und schrieb die Nummer auf.

Schweigend reichte Tayser ihm das Geld. »Entschuldigen Sie«, sagte er dann, nahm Puglia die Kette ab, löste langsam die Lederleine vom Halsband des Hundes und hakte die Kette ein. Dann richtete er sich auf.

»Carlo, geh mit ihm«, befahl er. »Geh mit ihm.«

Der Hund erhob sich, eine erstaunte Falte zwischen den Augen. Plötzlich bückte sich Tayser und umschlang einen Augenblick den Kopf des Hundes mit beiden Armen.

Dio buono, rief Puglia in Gedanken aus, wer küßt denn einen Hund?

Ohne noch ein Wort zu sagen oder zurückzuschauen, ging Henry Tayser davon. An seiner Seite baumelte die Leine – ohne Hund.

Fünftes Kapitel

Kurz nach neun an diesem Abend kam Zyskowski mit einem eingebeulten roten Lieferwagen zur Abfalldeponie gefahren. Durch den Staub schlitternd bremste er vor der Baracke. Seine Scheinwerfer beleuchteten die Schwelle, auf der Luigi Puglia saß und auf ihn wartete. Während Zyskowski die Türen zum hinteren Laderaum des Wagens öffnete, ging Puglia hinter ihm herum und schaltete die Scheinwerfer seines Wagens an. Sie beleuchteten das Innere des Lasters, die zwei Lagen billiger Lattenkisten, auf der Vorderseite mit Maschendraht verschlossen, die sieben Hunde, die darin bereits eingepfercht waren und den engen Durchgang dazwischen.

Während die hungrigen, durstigen und gequälten Gefangenen einer nach dem anderen aus der Baracke in die sternenklare Sommernacht geführt wurden, zitterten sie vor Angst und Hoffnung. Vielleicht war diesmal die Stunde der Rettung gekommen. Aber als sie sich am hinteren Ende des Lieferwagens zusammendrängten und sahen, was sie erwartete, wichen sie winselnd zurück und stemmten die Vorderpfoten abwehrend in den Staub. Einige drehten sich auch im Kreise, zerrten am Strick um ihren Hals oder erhoben sich auf die Hinterbeine und fuhren mit den Pfoten durch die Luft. Aber sie klagten und sträubten sich umsonst. Puglia schleuderte sie – langhaarig, kurzhaarig, groß oder klein – in den Wagen, wo Zyskowski, in einer gefütterten Jacke und mit Handschuhen, sie, Kopf voran, in die Lattenkiste stopfte, dabei rasch ihre Größe abschätzend. Die kleinen Tiere, richtig herum oder auf dem Kopf stehend, wurden wie Sardinen zusammengepfercht.

Bruce war der erste, der bei diesem Transport verfrachtet wurde. Bei ihm durfte kein Fehler begangen werden. Von Hand zu Hand gereicht gelangte er in eine Lattenkiste hinter dem Fahrersitz. Seine neue Gefängniszelle war noch kleiner als die vorige, stellte er fest. Das Luftholen fiel schwer und Aufrechtstehen war unmöglich.

43

Der deutsche Schäferhund kam als letzter. Keine Kiste war für ihn groß genug. Also wurde er im Durchgang angebunden; den es bei diesen Fahrten häufig gar nicht gab. Als die Türen des Lieferwagens geschlossen und verriegelt waren, sagte Puglia. »Augenblick mal, Joe. Ich hab' 'ne Überraschung für dich.« Dann ging er zu seinem Wagen hinüber, öffnete die Hintertür und griff nach Carlos Kette. »Komm 'raus«, befahl er. Der Doberman sprang leicht auf den Boden. Sein Schritt war stolz wie der eines Matadors, der die Arena betritt. Mit Puglia an der Leine durchdrang Carlo den Ring der Scheinwerfer, blieb stehen und wandte sich um. Hinter den buschbewachsenen Sandhügeln der Kehrichthalde konnte er die Lichter von Hartsdale in der Entfernung blinken sehen. Mit gespitzten Ohren und leuchtenden Augen durchschnüffelte er die Luft nach Neuigkeiten von zu Hause. Zu Hause, wo sein Herz war. Doch nur der Gestank von schwelendem Gummi und Kapok und von sich zersetzendem Abfall erreichte seine Nase.

»Mensch, wo hast du den denn her?« fragte Zyskowski. »Das ist ja ein Bulle. Er könnte dich in Stücke reißen.«

»Ja, aber er tut's nicht. Der ist gut erzogen. Paß auf! Carlo, komm her.« Der Hund drehte sich um. »Na, was sagst du?« fragte Puglia mit Stolz in der Stimme. »Das hab' ich ihm heute nachmittag beigebracht. Er tut, was man ihm sagt. Kein Hinlegen und Gekrieche wie bei einer Promenadenmischung. – Carlo, setzen!« knurrte er. Der Hund setzte sich. »Steh auf!« Carlo stand auf; seine Muskeln kräuselten sich wie seidene Stränge unter seinem schwarzen Fell. »Nicht schlecht für einen Hund, wie?«

»Mach' keine Witze. Wo hast du ihn her?«

»Ein Mann hat ihn mir heute nachmittag gebracht.«

Zyskowski kam langsam näher. »Beißt er wirklich nicht?«

»Ich sag' dir doch, er ist gut erzogen. So sanft wie ein Kätzchen.«

»Was hast du denn mit ihm vor?«

»Na, das übliche.«

»Mit *dem* Hund? Warum denn?«

»Weil der Mann abreist, deshalb. Er kann ihn nicht mitnehmen. Erspar' mir die Wiederholung der Geschichte, meine Augen sind noch ganz entzündet vom Heulen.«

Zyskowski zündete sich eine Zigarette an und nahm einen langen Zug. »Das ist ein Renommierhund. Uns sollte jemand einfallen, an den wir ihn verkaufen können.«

»Das hab ich schon den ganzen Abend versucht.«

»Zu schade, daß meine Freundin drüben in Jersey nichts anderes haben will als einen Zwergpudel. Übrigens, Luigi, halt' die Augen offen. Sie möchte einen silbernen.«

»Wieviel darf er denn kosten?«

»Fünfundsiebzig – ehrlich geteilt. Aber sie möchte einen guten.« Das war nicht die ganze Wahrheit. Zyskowskis Freundin hatte gesagt, sie würde bis zu hundert Dollar zahlen. Da ein sogenannter silberweißer Zwergpudel aus einer guten Zucht fünf- bis achthundert Dollar wert sein konnte, war das kein großzügiges Angebot.

»Schwer aufzutreiben«, sagte Puglia.

»Na, es kostet ja nichts, wenn du dich mal umsiehst, oder? Aber schau dir erst die Bilder an in dem Buch, das ich dir geben werde. Er muß auch die richtige Statur haben. Vorige Woche hat Lynch mir ein Spielzeug anstatt einen Zwergpudel gebracht. Man muß den Unterschied kennen. Diesen Köter jedenfalls mußte er nach Brockhurst zurückschleppen und dort wieder laufen lassen. Nichts als eine Verschwendung von Zeit und Benzin.«

»Hätte man ihn nicht ausstopfen können?«

»Hätte man nicht, er war tätowiert.«

»Ehrlich? Sowas hab' ich noch nie gesehen.«

»Ich erst zum zweiten Mal, Ist eben Pech.«

»Wo machen Sie das, Joe?«

»Am Bauch.«

»Und was tätowieren sie? Den Namen des Hundes?«

»Mensch, bist du blöd. Die Versicherungsnummer des Besitzers.«

»Tatsächlich? Was für'n Glück, daß du es gesehen hast.«

»Gar nicht mal Glück. Ich paß' eben auf. Ich habe keine Lust auf dreißig Tage Gefängnis.«

Es war Puglia niemals aufgefallen, daß Zyskowski die Bäuche seiner Hunde untersuchte, aber wozu widersprechen? Das hätte bloß Streit gegeben. Er wechselte das Thema. »Also, was machen wir nun mit dem hier? Ich kann ihn nicht behalten. Ich trau' mich nicht. Es fehlte mir gerade noch, daß der verdammte Kerl noch mal herkommt und ihn hier findet. Als wir uns trennten, hat er ganz schön den Wasserhahn aufgedreht und geheult.«

»Wer soll den Hund einschläfern, Silverman?«

»Klar wie immer. Ich hab' dem Kerl deine Nummer gegeben. Er sagte, er ruft morgen an. Ist der Typ, der keine Schwierigkeiten macht.«

»Hoffentlich denk' ich dran, es Corinne zu sagen, falls ich nicht da bin. Wie heißt er?«

»Tyson, Tomson – so ähnlich.«

»Wenn du doch verdammt noch mal lernen würdest, zuzuhören! Das ist manchmal ganz nützlich.« Zyskowski drückte seine Zigarette am Boden aus.

»Du mußt ihn mitnehmen, Joe. Heute abend. Es hat doch keinen Sinn, ihn zu töten. Dabei springt überhaupt kein Extraverdienst heraus.«

»Wie soll ich ihn den mitnehmen? Soll er den Wagen schieben oder ziehen?«

»Setz' ihn vorn 'rein, Joe, neben dich. Er wird sich anständig benehmen. Bestimmt.«

»Hör mal, ich hab' doch schon fünfzehn geladen. Die soll ich bringen.«

»Bestimmt nehmen sie noch einen mehr. Und wenn sie ihn diese Woche nicht gebrauchen können, dann nächste Woche. Für die ist es doch kein Problem, ihn einzusperren. Und wir kriegen mehr Geld.« Zyskowski rieb sich das Kinn und betrachtete den Hund. »Glaubst du wirklich, er benimmt sich anständig?«

»Ich schwör's dir. Komm, ich setz' ihn dir 'rein.« Was für
ein Blödmann, dachte Puglia. Obwohl Zyskowski sich für so
toll hielt, brauchte er immer einen Tritt in den Hintern. Wenn
nicht alle Hunde sicher in Kisten gestopft worden waren, wobei man ihm ständig helfen mußte, dann hakte es aus bei ihm.
»Komm her«, knurrte er Carlo an. Der Hund folgte ihm zur
Seite des Lasters, kletterte gehorsam hinein und setzte sich
neben den Fahrersitz. Sein Kopf ragte über das Lenkrad.

»Dreh ihn um, dreh ihn mit dem Kopf zur anderen Seite«,
schrie Zyskowski, die Arme schwenkend. »Und er soll sich
hinlegen. Er sieht ja aus wie ein Bagger, wenn er so über mir
ragt.«

Puglia befahl dem Hund, sich umzudrehen und hinzulegen.
»Sieh doch nur, wie er gehorcht. Das sind die, sie sie am liebsten mögen – die so gehorsam sind.«

Zyskowski kroch neben das Hinterteil des liegenden Hundes. »Hör mal, Luigi, können wir ihm nicht die Schnauze zu-
binden? Das wär' doch wirklich besser.«

»Ich soll einem so netten kleinen Hund die Schnauze zu-
binden? Kommt nicht in Frage. Aber wenn du willst, bringe
ich *dir* einen Strick. Soll ich das?«

»Laß die Witze. Vergiß es. Ich muß los. Ich hoffe nur, – um
deinetwillen – daß ich nicht aufgefressen werde.« Er ließ den
Motor an.

Puglia steckte seine schmutzige Hand durch das offene
Fenster und tätschelte Carlos Kopf. »Gute Reise«, sagte er.
»Zu schade, daß wir dich nicht für einen besseren Preis ver-
scheuern können – für zehn oder zwölf. Verdammter Mist!«

»So geht's eben im Leben«, sagte Zyskowski. Und der Laster setzte sich in Bewegung.

»He Joe!« schrie Puglia und versuchte, Schritt mit dem
Wagen zu halten. »Joe! Wo bleibt denn mein Geld?«

Zyskowski lachte. »Das ist unter dem Sitz, unter deinem
schwarzen Köter.« Er lehnte sich aus dem Fenster. »Bis nächste Woche«, brüllte er. Der Laster fuhr schneller und hüpfte
klappernd und rasselnd über den unebenen Boden und den

Weg hinauf zum Plateau, bis seine Lichter von der Dunkelheit verschluckt wurden.

Puglia blieb allein und lauschte dem schwächer werdenden Geklapper nach. Dann trottete er, vor sich hinmurmelnd und in sich hineinkichernd zu seinem Wagen. Aus dem Handschuhfach holte er einen Hopkins & Allen 22iger Revolver, prüfte die Patronen im Lauf und kehrte zum Schuppen zurück. Im Dunkeln suchte er etwas auf dem Regal und fand es, ein blutgetränktes buntes Taschentuch. Dann trat er zu dem einzigen Käfig, der noch besetzt war.

Dort kauerten die geduckten Reste eines Bastard-Chows. In seinen Augen reflektierten die Scheinwerfer flackernde Angst. Sein Leib war mit nicht verbundenen verharschten Wunden bedeckt.

Eine Minute später ließ sich der Chow neben ihm über das aufgewühlte qualmende Gelände zerren bis an den Rand der Abfallhalde. Im Doppelstrahl des Scheinwerfers legte Puglia den Revolver auf den Boden und zog das blutbefleckte Taschentuch hervor. Er hatte schon eine Menge Hunde zu Krüppeln gemacht und zwei seiner eigenen Finger dabei abgeschossen bevor er den Taschentuchtrick lernte. Nun riß er den Chow an seine Knie heran und band ihm das Stoffstück vor die Augen.

In Todesangst und den Kopf hilflos zu Boden gerichtet stand der Hund bewegungslos da. Bevor er noch winseln konnte oder mit den Krallen an dem Tuch zerren, schoß Puglia.

Sechstes Kapitel

Die Fahrt dauerte eine halbe Stunde. Der Lieferwagen holperte mit seiner Fracht bergauf und bergab, um hundert Ekken, hielt an und setzte sich mit aufheulendem Motor wieder in Bewegung. Die Luft in den Käfigen wurde immer dicker und den Insassen wurde immer übler. Endlich fuhr der Wagen langsamer, machte eine scharfe Wendung, fuhr rückwärts in eine Einfahrt und hielt.

Bruce hörte Zyskowski von seinem Sitz springen. Die Metalltür eines Gebäudes öffnete und schloß sich. Dann war nichts mehr zu hören außer den Geräuschen von der Straße und dem Hecheln der Opfer. Es entstand eine lange, atemlose Pause. Dann öffnete sich die Tür des Gebäudes noch einmal mit lautem Getöse. Stimmen – die von Zyskowski und einem anderen Mann. Die Hinterwand des Lasters wurde aufgeklappt – ein tiefer Atemzug süßer, milder Nachtluft. Licht strömte aus dem Haus in den Lastenraum, die Silhouetten von zwei Männern zeichneten sich ab. Die Gefangenen fingen aufs neue an zu zittern. Was kam jetzt?

Nach einer Viertelstunde hatte man sie alle aus ihren Käfigen herausgeholt. Die Hunde standen auf dem Betonboden eines von Ziegelmauern umgebenen gedeckten Hofes, und die Tür des Gebäudes schlug hinter ihnen zu. Der Hof gehörte zum Hosanna Krankenhaus in Sharpsburg und war für die Einlieferung von Tieren bestimmt.

Die Hunde waren mit Ringen an die Wand gekettet. Neben jedem Platz stand in einer Mauernische ein Wassernapf. Einen Augenblick lang vergaßen die Tiere ihre Ängste und schlappten das frische Naß in großen Schlucken auf. Doch bald senkten sich der nagende Hunger und die Einsamkeit erneut auf sie herab. Einige ließen die Köpfe hängen, einige streckten sich und gähnten vor Nervosität, einige wenige fingen auch an zu zittern, als wenn sie Schüttelfrost hätten, denn jetzt durchzog die frische Luft, nach der sie sich so gesehnt hatten, ein schwacher, beunruhigender Geruch – der von Alkohol und Desinfektionsmitteln – etwas, das Erinnerungen wachrief. Die Hunde, die schon einmal beim Tierarzt gewesen waren, erinnerten sich an diesen Geruch und bekamen noch mehr Angst. Die, deren Besitzer sich nicht um Gesundheitskontrollen gekümmert hatten, spürten gleichwohl das Unbehagen ihrer Gefährten, und dieses Unbehagen wirkte ansteckend.

Als der letzte von ihnen angekettet war, wurden die Lichter gelöscht. Der Wärter des Zwingers verschloß die Tür zur Straße und ging nach Hause. Die Hunde hatten seit dreißig Stunden nichts zu essen bekommen, aber vielleicht waren Puglia und Zyskowski die einzigen, die davon wußten. Zyskowski befand sich in diesem Augenblick in einer Bar auf der anderen Seite der Straße, trank ein Bier und aß ein Steak-Sandwich. Aber Hunde sind nun einmal keine Menschen und ihr Hunger kein Menschenhunger. Dagegen werden die Vorschriften in öffentlichen Einrichtungen von Menschen erlassen, und danach fand das Füttern der Tiere einmal am Tag um zwölf Uhr mittags statt; also mußten sie noch vierzehn Stunden warten.

Es dauerte lange bis sie sich mit ihrer neuen Lage abfanden. Zwei Beagles hatten sich auf die Hinterbeine gesetzt und heulten mit erhobenen Köpfen laut zum Dach hinauf. Ein freundlicher schwarzer Mischling mit gelocktem Fell versuchte, die Wand hinaufzuklettern, und als das nicht gelang, mit seinem Nachbarn Streit anzufangen. Der deutsche Schäferhund und der Elchhund, dessen Schwanz zitternd über seinem Rücken stand, bellten fast bis zum Morgengrauen ohne sich hinzusetzen. Bruce, der intelligentere, der immer noch unter dem Verlust seines Felles litt, und Carlo, der nicht nur intelligent sondern auch gehorsam war, legten sich auf den Steinfußboden und versuchten zu schlafen, während das Geheul und Gekläffe der anderen in ihren Ohren widerhallten.

Um acht Uhr am folgenden Morgen wurde die innere Hoftür aufgeschlossen, und zwei schäbig aussehende Männer kamen herein. Wieder begann die Hundeparade. Immer zwei zugleich wurden in den anliegenden Raum geführt. In der Mitte des Fußbodens, der eine Vertiefung in Form einer Untertasse hatte, befand sich ein vergitterter Abfluß. Dahinter an einer der Wände standen zwei Kübel nebeneinander auf einer Erhöhung; an der anderen Wand ein Tisch, ein Stuhl, Aktenordner und Schränke. Die Hunde wurden in den Zuber gesetzt, obwohl sich einige wehrten, mit Phisoderm abgeschrubbt und dann mit einem Schlauch abgespritzt. Sobald sie desinfiziert waren, steckten sie die Männer in einen Käfig, in dem zwei elektrische Gebläse heiße Luft auf ihr nasses Fell bliesen. Während das nächste Paar schon gewaschen wurde, trocknete das erste Paar, manchmal, wenn die zu waschenden Hunde groß waren, also mehr Zeit brauchten, und gleichzeitig kleinere Hunde unter der Heißluft schneller trockneten, bis an den Rand des Verbrennens. Wenn er gerade die Hände frei hatte, hielt ein Mann die beiden Hunde im Waschkübel fest, während der andere den Strom des Trockners abstellte. Ging das aber nicht, blieb es bei der allgemeinen Panik, und das Kläffen und Bellen nahm kein Ende.

Gegen neun Uhr kam ein dritter Mann. Er hieß William Losher und war der Oberwärter für die Tiere im biologischen Laboratorium. Den Rest des Morgens verbrachte er damit, die Hunde zu wiegen und gegen Tollwut, Staupe und Hepatitis zu impfen; auch füllte er die Karten aus, die am Käfig des Hundes angebracht wurden.

Gegen Mittag hatten alle Tiere das vorgeschriebene Verfahren durchlaufen. Als endlich das Futter kam – eine ausgeglichene Diät von Fleisch und Maisbrei – stürzten sie sich darauf wie die Wölfe und schlangen vor Gier alles unzerkaut herunter.

Nach dem Essen trieben die Wärter sie in Gruppen von drei oder vier in einen Lastenaufzug, der sie in das vierte Stockwerk brachte, wo sie einen langen geschlossenen Gang entlang zu einem Lager gebracht wurden – oder wie es hier hieß dem ›Schlafsaal‹. Hier steckten die Wärter sie in Einzelkäfige und überließen sie ihren Gedanken. Womit das Käfigleben erst richtig begann.

Es gab drei von diesen sogenannten Schlafsälen, und in jedem waren etwa vierzig Hunde untergebracht. Einige der Käfige hatten zwei übereinanderliegende Abteile, und es gab drei Größen, klein, mittel und groß. Der, in den Bruce gesteckt wurde, war 75 cm hoch und breit und 90 cm lang, aus Stahl, solide gebaut, unverwüstlich und sterilisiert. Da auch die Wände Metallplatten waren, konnten die Insassen ihren Nachbarn nicht sehen, was die Rüden daran hinderte, sich gegenseitig anzuurinieren. Der Boden des Käfigs, auf dem sie stehen und schlafen mußten, bestand aus glattem Maschendraht mit 1.2 cm großen Zwischenräumen; darunter eine herausziehbare Platte, um den Urin aufzufangen. In den Draht jedes Käfigs war eine sterilisierte Flasche mit Trinkwasser eingehakt, aus der es in einen Napf tropfte, ähnlich den Trinkwasserbehältern in Vogelkäfigen. Vorn an jedem Käfig in einem Schlitz steckte die mit Schreibmaschine beschriftete Kontrollkarte jedes Hundes.

In diesem Schlafsaal würden sie nun zwei Wochen zur Beobachtung bleiben, bevor man sie benutzen durfte. Auf der Kontrollkarte, die bisher nur die grundsätzlichen Fakten enthielt – die Labornummer des Hundes, Rasse oder ähnliche Rasse, Ankunftsdatum und Gewicht – würden allmählich immer mehr Eintragungen hinzugefügt werden, bis der Hund und seine Karte am Ende waren und abgelegt wurden; die Karte in dieser Welt, der Hund in der nächsten, falls Hunden eine solche zusteht.

Die einzige Zeit in der vierundzwanzigstündigen Routine aus Langeweile, Beengtheit und Verzweiflung, in der man dies vergessen konnte, war der Augenblick der Fütterung. Nur dann gab es einige gierige Minuten lang weder Vergangenheit noch Zukunft. Die Tiere hatten keinen Auslauf, kein Gehege für ein bißchen Bewegungstraining. Sie dehnten ihre Lungen, indem sie bellten und gähnten; ihre Beine und Rükken, indem sie sich aufrollten und wieder entrollten. Niemals durften sie Felder, Wälder oder den Strand riechen, niemals den Duft des Herbstes oder gar den der Freiheit, sie durften nur – und auch dies nicht mehr lange – leben und atmen. Durch die Ventilatoren drang lediglich Stadtluft zu ihnen, aus Abluftfächern, die ständig surrten und hoch oben in den fensterlosen Wänden angebracht waren.

Falls sie in der Tiersammelstelle niemals gewinselt, gejammert oder sich ruhelos um sich selbst gedreht hatten, dann winselten, jammerten und drehten sie sich jetzt ganz gewiß um sich selbst. Am Tage saßen sie da und starrten, standen auf und starrten und legten sich wieder hin und starrten auf den Betonfußboden, die flackernden Lichter an der Decke oder auf die verlorenen Gesichter im Käfig gegenüber. Nachts im Schlaf zuckten ihre Pfoten, ihre Herzen hämmerten, und sie liefen im Traum vor allem Schrecken davon.

Einhundertzwanzig der zum Tode Verurteilten waren hier versammelt, nur ein Bruchteil der Tausende von Gefangenen in all den Tierlaboratorien, die es auf der ganzen Welt gibt. Glücklich waren die – würden die sein – die man für »akute Experimente« auswählte. Eine Spritze Natriumpentobarbital, die Zeit auf dem Operationstisch in Bewußtlosigkeit, dann die tödliche Spritze und das gesegnete Vergessen des Todes – die endgültige Flucht zum Verbrennungsofen. Hat man sich einmal in dieses klebrige Netz verstrickt, ist das der beste Ausweg. Aber das wußten sie ja nicht. Stundenlang, von Experiment zu Experiment und immer noch am Leben, hofften sie so lange bis die Gesundheit zerstört war und die Hoffnung starb. Die Verlassenen, die Streunenden, die geliebten Haustiere, die Mischlinge wie die Rassehunde, die jungen wie die alten – alle warteten auf eine Rettung, die fast niemals kam.

Das biologische Laboratorium Hosanna verbrauchte im Durchschnitt 25 Hunde in der Woche. Bruce erlebte während seiner vierzehntägigen Probezeit, wie viele seiner Gefährten weggeführt wurden. Einige kamen wieder, einige nicht. Die Bedeutung von dem, was mit ihnen geschah, konnte er natürlich nicht verstehen. Wenn er an die dachte, die nicht wiederkamen, glaubte er, sie seien wieder zu Hause. Daß viele von ihnen inzwischen ein Haufen Asche im Krankenhausverbrennungsofen waren, wäre ihm wohl kaum in den Sinn gekommen. Noch, daß es im obersten Stockwerk ein extra Krankenzimmer gab, wo die größere Quälerei erfordernden Experimente vor den seltenen Laien-Besuchern versteckt wurden.

Mit denen, die tatsächlich wiederkamen, begann Bruce den alarmierenden Geruch von Äther zu verbinden. Er versetzte alle Insassen in Schrecken, und anstatt der lauten Klagen, die sich gewöhnlich beim Öffnen der Tür zum Schlafsaal erhoben, löste der Patient, der wieder hereingerollt wurde, ein Signal aus, und Stille senkte sich über den Raum. Alle spürten oder sahen, daß der Hund, der auf der Seite lag und manchmal stöhnte oder erbrechen mußte, krank war. Das stürzte alle in panische Angst und schlimme Ahnungen. Sobald der Zug durch den Gang rollte, standen die gesunden und die noch unberührten Tiere steifbeinig hinter ihren Gittern und preßten die Nüstern gegen den Draht. Und von denen, die schon einen der makabren Aufträge erfüllt hatten, versuchten einige sich dort in der hintersten Ecke zu verkriechen, wo es keine hinterste Ecke gab, während andere nur leise vor sich hinwinselten.

Am Morgen des sechzehnten Tages seines Lebens im Grab wurde Bruce ausgewählt. Zwei Männer, William Losher, der Tieroberwärter, und ein Dr. Herman Sweedler, ein anziehender junger Mann mit sandfarbenem Haar, betraten den ›Schlafsaal‹. Sofort erhob sich der übliche Lärm, Bellen, Japsen und Kläffen, ganz gleich, wenn es nur die Langeweile unterbrach und Energie freisetzte.

Dr. Sweedler bezeichnete sich als »Forscher« auf dem Gebiet der Herzgefäßchirurgie. Der Grund seines Besuches war, einige gesunde, noch unbenutzte Hunde auszusuchen, die kleiner waren als die, an die er sich gewöhnt hatte, und die ihm helfen würden, seine chirurgische Technik noch mehr zu verfeinern.

Die beiden Männer gingen langsam durch den Gang und schauten auf die Karten an den Käfigen, wobei sich Dr. Sweedler die Ohren zuhielt, um sich gegen den Lärm abzuschirmen. Mehrere Male blieben die Männer stehen, um zu prüfen oder zu verwerfen. Vor Bruce' Käfig gab es erneut einen Halt.

»Wie wäre es mit dem?« fragte Losher. »Er ist dran.« Der Arzt studierte einen Augenblick die Karte, dann den Hund.

»Hm«, sagte er, »elf Kilo und ziemlich dünn.«

Bei der aufgezwungenen Untätigkeit und dem ausgeglichenen Futter hatte Bruce fünf von seinen verlorenen neun Pfund wieder zugenommen. Jetzt saß er aufrecht da mit fragendem Blick und gespitzten Ohren und hörte zu. Seine Augen wanderten von Gesicht zu Gesicht, denn er hoffte, daß es um seine Freilassung ging, aber nach den Mienen der Männer schien das zweifelhaft. Seit die Roberts verschwunden waren, mußte er offenbar auf immer in dieser unheimlichen Welt leben.

Dr. Sweedler erhob die Stimme. »Also gut«, sagte er, »für nächste Woche genügt er. Aber bereiten Sie ihn zunächst vor. Ihn und den Spaniel. Ich möchte zwei Langzeitexperimente machen.« Losher schrieb Sweedlers Namen auf Bruce' Karte.

Die Tür schloß sich hinter ihnen. In den Käfigen verstummte der Lärm und die gewohnten monotonen Geräusche von Kratzen, Seufzen und Gähnen.

Doch wenig später waren die Hunde wieder auf den Beinen und bellten und jaulten, als Bruce und der Spaniel von zwei Wärtern in Tragkäfige gesteckt und aus dem Raum gerollt wurden. Den langen Gang hinunter ging es zum Fahrstuhl, dann in die fünfte Etage und in einen Vorraum, in dem das grelle Deckenlicht einen Ausguß, einen Tisch mit Metallauflage, Schränke voller Flecke von Chemikalien und weißgekachelte Wände beleuchtete.

Während der Spaniel in seinem Käfig schauderte, bekam Bruce zunächst eine Nembutal-Spritze, wenn auch Äther empfehlenswerter gewesen wäre als dieses Barbiturat, da die völlige Entspannung der Stimmbänder nicht erwünscht ist. Als er bewußtlos war, wurde er auf dem Tisch auf den Rükken gelegt. Während ein Mann seine Kiefer geöffnet hielt und seine Zunge herauszog, schnitt ein zweiter mit einer Zange und einer in Antiseptikum getauchten Matzenbaum-Schere Bruce die Stimmbänder durch.

Diese Operation, die man gewöhnlich »Entbellung« nennt, sollte mit geübten Händen in etwa vier Minuten vollzogen worden sein. In diesem Fall, in dem weder der Operateur noch sein Assistent irgendwelche Qualifikationen als Chirurg besaß, dauerte sie fünfzehn Minuten.

Im Hosanna Krankenhaus wurden alle Hunde, die für Langzeitexperimente ausgesucht worden waren oder von denen der »Forscher« hoffte, daß sie Langzeit-Versuchshunde sein würden, im Routineverfahren »entbellt«. Das Ergebnis dieser Operation ist verschieden, je nachdem wie geschickt und vollständig sie ausgeführt wird und inwieweit sich die Stimmbänder später regenerieren. Manche Hunde können danach ein dumpfes Bellen von sich geben. Manche bringen nur noch japsende oder knurrende Laute hervor. Bruce konnte später ein wenig röcheln.

Während der folgenden Stunden wurden die beiden Hunde weder überwacht noch bekamen sie ein Beruhigungsittel. In dieser Praxis war das hier beschriebene Labor nicht grausamer als viele andere. Natur und Zeit mußten Heilmittel ersetzen und Schmerz und Elend lindern.

Zur Fütterungszeit stellte man fest, daß der Spaniel in seinem Käfig verblutet war. Wieder ein Fall für den Abfallhaufen, ein kleines Bündel, das man im Krankenhausofen verbrennen würde.

Am folgenden Tag würde Dr. Sweedler sich leider einen Ersatz aussuchen müssen.

Siebtes Kapitel

Bruce hatte den zweiten Tag im Hosanna-Krankenhaus überstanden, als die Haskins und die Roberts nach Hartsdale zurückkehrten. Sobald der Wagen der Roberts an diesem Abend in ihrer Auffahrt hielt, zog Vicky wortlos, das kleine Gesicht vor Kummer verkrampft, ihren Koffer aus dem Durcheinander von Regenmänteln, Wäschebeuteln, Schnorcheln und Angelgeräten heraus und lief die Stufen der Küchentreppe hinauf, um dort zu warten, bis ihr die Tür geöffnet wurde.

Es war traurig genug gewesen, zwei Wochen lang in einem fremden Haus ohne Bruce zu wohnen, aber nach Hause kommen mit der Vorstellung, daß er vielleicht viele Meilen entfernt nach ihr suchte oder gar tot war, so daß sie ihn nie wiedersehen würde – das war ein Gedanke, den sie kaum ertragen konnte. Die sonnigen Stunden am Strand, der Spaß, wieder einmal im Salzwasser schwimmen zu dürfen, Muscheln zu sammeln und Ausflüge zu machen, hatten dabei geholfen, das tägliche Bewußtsein eines Verlustes zu lindern. Aber jetzt, worauf sollte sie sich jetzt freuen?

In ihrem Schlafzimmer warf sie den Koffer auf den Boden und schloß die Tür hinter sich. Dann blieb sie vor dem Fenster stehen, die Stirn gegen das staubige Glas gelehnt, und schaute hinunter in einen Hof, der so leer war wie ihr Herz, und die Tränen, die sie versucht hatte, vor ihrer Familie zu verbergen, strömten ihr über die Wangen.

Das war Vickys Heimkehr. Und je mehr die Zeit verging, desto größer wurde die Einsamkeit. Aus dem glücklichen, lebhaften Kind war ein schweigsames, unglückliches geworden. Ferien – die Zeit der Überraschungen und der unbekümmerten, fröhlichen Abenteuer – machten jetzt den Verlust des Gefährten besonders fühlbar. Menschliche Freunde konnten ihn nicht ersetzen. Vicky zog sich in sich selbst zurück und entfernte sich so weit und war so sehr in sich verschlossen wie eine Flaschenpost. Stundenlang saß sie allein in den

Zweigen des einzigen Baumes, der Schatten in den Hof warf, halb verborgen von den Blättern und in kummervolle Träume versunken, ein ungeöffnetes Buch auf dem Schoß; und einmal schnitt sie mit einem rostigen Federmesser die Initialen B.R. in den Stamm.

Zu Anfang hatte Mary Roberts ihre Tochter gewähren lassen in der Hoffnung, daß sie mit der Zeit allein mit allem fertig werden würde, aber als die Tage vergingen und alle Vorschläge, sich Ablenkung zu verschaffen, umgangen oder kommentarlos aufgegeben wurden, wuchs Marys Sorge. Während sie in der Küche beschäftigt war oder die Betten machte, schaute sie immer wieder aus dem Fenster und erhaschte einen Blick auf die nackten Kinderbeine, die vom Baum herabbaumelten, auf ein Stück weißes Hemd oder den Schimmer einer weißblonden Haarsträhne, die sich nicht bewegte – und sie wurde immer unruhiger.

»Sie muß einen neuen Hund haben«, sagte Mary eines Abends zu ihrem Mann, »nur so kommt sie darüber hinweg.«

Doch so merkwürdig und traurig das klingt, keiner in der Familie wollte wirklich einen neuen Hund. Sie wollten nur den alten, jungen Bruce wiederhaben. Immerhin brachte Jack Roberts am folgenden Tag eine Ausgabe der ›Hundewelt‹ mit, um zum Seelenfrieden seiner Familie beizutragen, der er so brennend gern geholfen hätte. Nach dem Abendessen lockte er Vicky von der Zeitung weg, die sie las, und neben sich auf das Sofa. Einen Arm um sie gelegt, blätterte er die Seiten um, auf denen Shetland Schäferhunde angeboten wurden. Vicky betrachtete stumm und gehorsam die Bilder, während ihre Mutter und David versuchten, eine lebhafte Unterhaltung über Geschlecht, Alter und Färbung in Gang zu halten, die sie sich bei dem neuen Hund wünschten. Doch prallte ihr Eifer an Vickys Schweigen ab, und im Geheimen hatten ihre Eltern ja durchaus Verständnis dafür. Nur um ihretwillen glaubten sie, darauf bestehen zu müssen.

Schließlich sagte Jack Roberts: »Natürlich, wenn wir die

Hunde anschauen gehen, bist du diejenige, die entscheidet. Mutter und ich möchten nur, daß du jetzt alles schon ein bißchen überlegst.«

Vicky holte tief und stoßweise Atem. »Ich überlege mir nur«, sagte sie mit erstickter Stimme, »wie ich Bruce wiederfinden könnte.«

Stille senkte sich über das Wohnzimmer. Jack Roberts fuhr sich mit der Hand über den Hinterkopf. Es war schwer, jeden Abend nach der Arbeit in ein bedrücktes Heim zurückkehren zu müssen. »Vielleicht«, sagte er, »wird Bruce eines wunderbaren Tages zu uns zurückkommen. Das hoffen wir alle. Aber sollten wir uns nicht bis dahin nach einem anderen Sheltie umsehen? Wir könnten doch auch zwei Hunde haben.«

»Wenn ich Bruce nicht haben kann, dann will ich gar keinen Hund.« Es war die Feststellung einer Tatsache, mit wenn auch kontrollierter Leidenschaft vorgebracht.

Mary Roberts senkte den Blick. Es war gerade die scheinbar ruhige Stimme ihres Kindes, die sie mehr als alles andere davon überzeugte, wie schwer es an seinem Verlust trug.

Jack Roberts räusperte sich. »Denk' mal drüber nach«, sagte er. Damit war die Frage angeschnitten, und die Antwort ergab, was sie befürchtet hatten. »Du mußt dich ja nicht heute abend entscheiden. Wir möchten nur, daß du weißt, daß wir jederzeit bereit sind, dir einen neuen Hund zu schenken, wenn du einen haben möchtest.«

»Danke«, sagte Vicky, stand vom Sofa auf und ging zur Tür. Doch plötzlich wandte sie sich um, und in ihren grauen Augen blitzten Tränen. »Ich verstehe nicht, warum ihr gar nichts unternehmt«, schluchzte sie.

»Unternehmen?« Die Stimme ihres Vaters klang verletzt. »Was könnten wir denn noch unternehmen?«

»Das sagst du einfach, Vati, das sagst du einfach so!« Vicky strich sich die Haare aus den Augen. »Warum gebt ihr nicht eine Suchanzeige auf? Das tun andere Leute doch auch!« Sie riß die Zeitschrift vom Stuhl und schob sie den Eltern zu. »Hier! Jeden Tag suchen *andere* Leute auf diese Weise nach ihren Katzen und Hunden. Warum machen wir das nicht auch?«

»Aber mein liebes Kind«, rief Roberts aus, »diese Leute haben wenigstens eine Vorstellung davon, wo ihre Katzen oder Hunde sein könnten. Uns dagegen fehlt jeder Anhaltspunkt. Ich kann doch nicht in drei Staaten Anzeigen aufgeben.«

»Ach Vati, du weißt doch, daß Bruce immer versuchen wird, nach Hause zu kommen, das ist bestimmt sein sehnlichster Wunsch.«

»Hör zu, Liebling«, unterbrach die Mutter, »daran haben wir natürlich auch gedacht. Aber wenn er das fertiggebracht hätte, wenn er es fertigbrächte, die Entfernung zu überwinden – dann käme er doch zuallererst hierher.«

»Das meine ich ja«, rief Vicky aus. »Und ihr versucht gar nicht, ihm dabei zu helfen. Ihr laßt ihn einfach alles allein machen. Vielleicht ist er überfahren worden, und derjenige, der ihn gefunden hat, fragt sich jetzt, wohin er gehört.«

»Er hat doch seine Marke um«, meinte David.

»Das brauchst du mir nicht zu sagen.« Vicky wandte sich ihrem Bruder zu. »Das weiß ich so gut wie du. Aber vielleicht hat er sie verloren, oder sein Halsband ist abgerissen. Tausend Dinge können passiert sein.«

»Vielleicht fliegt er auch in einem Raumschiff um die Erde«, schlug David nicht gerade taktvoll vor.

Sein Vater sah ihn mit gerunzelter Stirn an und schüttelte den Kopf. »Nun, Vicky, was sollten wir denn deiner Meinung nach tun?«

»Gib eine Anzeige in der Zeitung auf. Ich möchte das schon seit Wochen, aber ich weiß nicht, wie man das macht.«

Vielleicht hätten wir das wirklich schon lange tun sollen, dachte Mary Roberts. Es wäre zwar herausgeworfenes Geld gewesen, aber wir hätten es trotzdem tun sollen.

Vicky schoß durch das Zimmer auf ihren Vater zu. »Du brauchst die Anzeige nicht zu bezahlen«, sagte sie, »ich ha-

60

be oben fünf Dollar. Und was bedeutet das Risiko von fünf Dollar gemessen an der Möglichkeit, Bruce wiederzufinden?«

Jack Roberts legte den Arm um ihre Schulter.»Ich setze eine Anzeige in die Sonntagszeitung, wenn dir soviel daran liegt. Aber bezahlen brauchst du sie nicht. Weißt du auch, warum?«

»Weil ich so wenig Geld habe.«

»Nein, weil ich, aufrichtig gesagt, die Chancen für sehr gering halte.« Vicky ließ den Kopf sinken.»Und dann möchte ich es tun, damit du nicht denkst, ich hätte dich im Stich gelassen.«

Vicky barg ihr Gesicht im Hemd des Vaters.»Falls er zurückkommt, möchte ich unbedingt die erste sein, die ihn in die Arme nimmt.«

Ach, darum ist sie so schwer dazu zu bewegen, das Haus zu verlassen, dachte Mary Roberts. Ich hätte mehr auf sie eingehen sollen. Aber es wird alles umsonst sein. Man müßte die Lizenzgebühr für die Hundemarke erhöhen und damit eine zentrale, staatliche Agentur bezahlen, wo sowohl die, die einen Hund finden als die, die einen verloren haben, nachfragen könnten. Wir sind doch nicht die einzigen, denen das passiert. Ein Büroraum, eine Frau mit einem Telephon und etwas Reklame würden genügen. Außerdem wäre es eine gute Stelle für eine behinderte Person.

Die Anzeige erschien in der Sonntagmorgen-Ausgabe des Sharpsburg ›Sentinel‹, der Zeitung mit der höchsten Auflage im Bezirk, in der Rubrik verloren – gefunden. Vicky hatte dabei geholfen, den Text zu verfassen. Er lautete: Shetland Schäferhund, (kleine Collieart) männlich, Farbe dunkelbraun, vier weiße Pfoten, volle weiße Mähne, Hundemarke mit Steuernummer: Hartsdale 1922. Tel. 313-2727.

Als noch am selben Nachmittag das Telephon läutete, war Jack Roberts allein im Haus. Nach einem üppigen Sonntagsmahl war er auf dem Sofa eingeschlafen. Mary fuhr David gerade zum Schwimmbad, und Vicky hatte ihren Vater gebeten, ihr sofort Bescheid zu sagen, wenn jemand anrief, und saß wie gewöhnlich in ihrem Baum.

Roberts fuhr aus dem Schlaf, als es läutete, und während er hinaus in die Diele lief, um den Hörer abzunehmen, versuchte er, sich zu besinnen.

»Haben Sie die Anzeige in den ›Sentinel‹ gesetzt?« fragte eine Frauenstimme.

»Ja! Ja?« war es wirklich möglich, daß er einen Hinweis erhalten würde.

»Ich hab' sie gerade gelesen und überlege, ob es wohl derselbe Hund sein könnte, der vor einem Monat bei mir war. Haben Sie ihn wieder verloren?«

»Wieder?« Roberts versuchte, den Schlaf abzuschütteln. »Wie meinen sie das? Wir haben ihn nur einmal verloren.«

»Dann kann es nicht derselbe Hund sein. Dumm von mir, Sie anzurufen, Aber es ist komisch, die Beschreibung klingt so ähnlich, daß ich glaubte, er stünde wieder vor mir. Na, es tut mir leid, Sie gestört zu haben.«

»Warten Sie einen Augenblick, legen Sie nicht auf!« Roberts war jetzt hellwach. »Wie, sagten Sie, war Ihr Name?«

»Geddis. Fräulein Catherine Geddis.«

»Bitte erzählen Sie – wie sah Ihr Hund aus?«

»Genauso, wie Sie ihn beschreiben – ein kleiner Collie. Ich hatte noch niemals einen solchen Hund gesehen.«

»Und die besonderen Merkmale? Die dicke weiße Mähne und die vier weißen Pfoten? Nicht die Beine – die waren braun.«

»Ja, ich erinnere mich genau, sie gesehen zu haben – sehr kleine Füße für einen Hund und wie weiße Babyschühchen. War Ihr Hund sehr mager?«

»Nein, nicht sehr. Aber hören Sie bitte, Fräulein Geddis, wie lange ist es denn her, daß er bei Ihnen war? Sagten Sie einen Monat?«

»Nein, ich würde sagen mehr als einen Monat.«

»Könnten Sie die Zeit vielleicht genauer angeben? Das ist ziemlich wichtig. War es vor dem 15. Juli oder danach?«

»Danach. Ich bin sicher danach. Etwa um den zwanzigsten, würde ich sagen. Trotzdem tut es mir leid, Sie zu enttäuschen, denn es kann ja nicht Ihr Hund gewesen sein, weil Sie angeben, ihn erst kürzlich verloren zu haben. Der Hund, von dem ich spreche, wurde von seinem Besitzer zurückgeholt. Er ist wieder zu Hause.«

»Jemand war also bei Ihnen und holte ihn ab?«

»Nein, nein. Ach mein Gott, fangen wir mal mit dem Anfang an. Der Hund, von dem ich spreche, erschien eines Morgens vor meinem Haus. Ich versuchte, ihn loszuwerden, aber er ging nicht. Nach einer Weile fiel mir auf, daß er halb verhungert war, also habe ich ihn ein oder zwei Tage versorgt. Er war wirklich ein sehr netter Hund, aber ich konnte ihn nicht behalten. Wenigstens glaubte ich das – ich habe nämlich zwei Katzen. Aber als ich ihn dem Hundefänger übergab, da tat es mir leid – verstehen Sie, was ich meine?«

»Sie haben den Hundefänger gerufen?«

»Ja. Nun, wie ich schon sagte, hinterher tat es mir leid, denn offen gestanden, er schien mir nicht der Mensch zu sein, der er hätte sein sollen. Er kam mir ziemlich rauh und herzlos vor. Verstehen Sie?«

»O ja. Wie hieß er denn?«

»Daran kann ich mich wirklich nicht erinnern. Ich sollte es, aber ich habe den Namen vergessen. Jedenfalls ist er der Hundefänger von Hartsdale. Sie können seinen Namen im Telephonbuch finden.«

»Und was geschah dann?«

»Also dann, nachdem ich ihn gerufen hatte, fing ich an, es zu bedauern. Deshalb habe ich Herrn, Herrn – sein Name beginnt mit P, ein komischer Name – gesagt, daß er mir den Hund wiederbringen könnte, wenn sein Besitzer nicht gefunden würde.«

»Entschuldigen Sie bitte – auf welche Weise glaubten Sie denn, würde er den Besitzer finden?«

»Na – nach seiner Hundemarke natürlich.«

»Das Tier hatte also eine Hundemarke?«

»Aber ich hab's Ihnen doch gesagt, genau nach Ihrer Beschreibung. Deshalb rufe ich doch an.«

»Wollen Sie sagen, daß die Nummer dieselbe war?«

»Oh, das weiß ich natürlich nicht. Ich hab' sie mir nicht aufgeschrieben. Aber ich weiß, daß Hartsdale draufstand.«

»Wie sah das Halsband aus?«

»Leder. Ein rundes ledernes – ich meine, es war nicht die flache Sorte. Es mag braun gewesen sein, aber es war so naß, und es hatte die Farbe verloren, als ich es sah.«

»Unser Hund hatte tatsächlich ein rundes, braunes Lederhalsband.«

»Tatsächlich? Na, es ist schon komisch wie alles übereinstimmt.«

»Sagen Sie mir bitte, Fräulein Geddis, haben Sie zufällig bemerkt, ob der Hund, von dem Sie sprechen – hatte er ein schwarzes Muttermal auf der Zunge? In der Größe eines Vierteldollars am Rand der Zunge?«

»Ich hab' ihm doch nicht ins Maul geschaut.«

»Nun, damit habe ich auch nicht gerechnet, ich wollte nur mal fragen. Es war keine Schwellung, nur ein Pigmentfleck. Mit anderen Worten – seit Sie den Hund dem Fänger übergeben haben, haben Sie ihn nicht mehr gesehen. Ist das richtig?«

»Ja, das ist richtig. Sehen Sie, ich habe dem Mann mit dem komischen Namen gesagt, ich würde am Dienstag anrufen. Ich erinnere mich genau, daß ich zu ihm sagte: Ich rufe Sie Dienstag an. Denn ich konnte den Gedanken nicht ertragen, daß das arme Geschöpf eingeschläfert würde. Deshalb wollte ich ihn ja zurücknehmen und ein Heim für ihn suchen, falls er seinen Besitzer nicht fände. Aber als ich den Hundefänger anrief, – ich hab's nicht vergessen, glauben Sie mir – da teilte er mir mit, daß er den Besitzer festgestellt und der ihn zurückgefordert hätte.«

»Hat er Ihnen den Namen der Leute gesagt?«

»Nein. War sicher dumm von mir, aber ich bin nicht auf den Gedanken gekommen, ihn danach zu fragen. Ich nahm einfach an, daß er die Wahrheit sagte, und freute mich, zu hören, daß das Tier wieder zu Hause war. Der arme Kerl war so heruntergekommen, so hungrig, er konnte kaum noch laufen ...«

»War er verletzt?«

»Ich glaube nicht, aber er starrte vor Dreck. Er war wirklich furchtbar schmutzig – sein Fell war völlig verfilzt – und so entsetzlich mager. Glauben Sie denn, es könnte Ihr Hund gewesen sein?«

»Ich fange an zu glauben, daß das mehr als möglich ist. Er ist ja tatsächlich schon mehr als einen Monat verschwunden.«

»O Gott, wenn ich ihn doch nur behalten hätte!«

»Nun, das ist nicht Ihre Schuld. Und ich kann Ihnen gar nicht genug dafür danken, daß Sie mich angerufen haben. Das war furchtbar nett von Ihnen. Ich werde mich jetzt sofort mit dem Hundefänger in Verbindung setzen.«

»Gehen Sie hin«, sagte Fräulein Geddis. »Ich weiß nicht, wo er wohnt, aber wenn ich das vorschlagen darf, sprechen Sie nicht nur am Telephon mit ihm. Er machte einen sehr, sehr schlechten Eindruck auf mich. Und ich weiß zwar, daß ich das nicht sagen dürfte, aber mir kommt gerade der Verdacht, daß er Ihren Hund an jemanden anders verkauft haben könnte.«

»Das ist mir auch schon durch den Kopf gegangen.«

»Wirklich? Nun, dann schauen Sie ihn sich selbst an, und Sie werden verstehen, was ich meine.«

»Keine Sorge, das mache ich.«

»Das ist genau das, was er zuletzt zu mir sagte, der Herr Puglia – *das* war sein Name, ich wußte doch, er fing mit P an – also ganz zuletzt sagte er zu mir: machen Sie sich keine Sorgen. Aber ich mache mir welche, und ich hätte noch viel besorgter sein müssen.«

Jack Roberts legte auf und suchte sofort Puglias Adresse aus dem Telephonbuch. Dann ging er ins Bad und spritzte kaltes Wasser über sein Gesicht und sein Haar. Donnerwetter, dachte er, das klingt doch alles völlig unglaublich. Der Hund kann doch gar nicht bis hierher zurückgefunden haben. Aber wenn es dem armen Bruce doch gelungen sein sollte – ja dann hat er das Haus leer vorgefunden und nichts zu fressen gehabt. Armer Kerl! Was für ein Empfang. Vielleicht behält Vicky am Ende doch recht.

Während Roberts sein Gesicht abtrocknete, schaute er aus dem Fenster. Vicky war vom Baum herabgestiegen und versuchte, aus zwei Stücken Wäscheleine und einem verbogenen Brett eine Schaukel zu machen. Armes Kind, dachte er, wenn es doch nur noch Hoffnung gäbe! »Brauchst du Hilfe?« rief er.

An Sonntagen war es in der Familie Roberts Sitte, daß jeder sich nach seinem Geschmack belegte Brote zum Abendessen machte. Um 18 Uhr, als Mary und David mit dem Wagen zurückkamen, hatte Jack Roberts bereits entschieden, sein Sandwich später zu essen. Es gab wichtigeres zu tun. »Ich glaube, ich esse später«, sagte er zu seiner Frau, »ich möchte noch einen Besuch machen.«

»Geschäfte? Am Sonntag?« Sie hob die Brauen. »Du arbeitest doch sowieso schon genug.«

»Ein bißchen mehr macht dann auch nichts mehr aus«, sagte er ausweichend, und bevor sie noch weiter fragen konnte, war er schon auf dem Weg zur Garage.

Puglias Haus lag in der Nähe des Industrieviertels auf der anderen Seite der Stadt in einer Bodensenke eng zwischen zwei anderen Häusern eingeklemmt. Dahinter machte ein halb abgetragener Hügel, den ein paar Felsen krönten, den Eindruck, als könne er sich jeden Augenblick in Bewegung setzen und die Streichholzschachtel-Dächer unter sich begraben.

Jack Roberts stieg die Vordertreppe hinauf und läutete. Frau Puglia öffnete die Tür. Aus einiger Entfernung hätte sie einfach dick gewirkt. Aus der Nähe war sie in ihrem Baumwollkimono, dessen orangene und grüne Kreise den Blick auf sich lenkten, nur eine verschwommene Masse.

»Ist Herr Puglia zu Hause?« fragte Jack Roberts. Durch einen Mauerbogen konnte er hinter ihr den Rücken eines Mannes sehen, der am Küchentisch saß und aß.

»Was wollen Sie?« fragte Frau Puglia.

»Ich möchte ihn nach einem Hund fragen, der mir entlaufen ist.«

»Wenn es sich um einen Hund handelt, sag' ihm, er soll morgen wiederkommen«, bellte Puglia, ohne sich umzudrehen.

»Heute ist Sonntag.«

»Sagen Sie ihm, daß ich jetzt hier bin«, bellte Jack Roberts zurück und bewies damit, daß sich unter seinem ruhigen Äußeren durchaus ein eigenes Temperament verbarg.

Luigi Puglia stieß sich vom Tisch ab und stand auf. Während er sich den Mund mit dem Handrücken abwischte, schob er seine Frau beiseite. »Worum geht's denn?« grollte er. »Ich arbeite nicht am Sonntag.«

»Ich auch nicht. Deshalb bin ich hier.«

»Na, dann schießen Sie mal los. Suchen Sie einen Hund, oder wollen Sie einen kaufen?«

»Ich suche einen Hund, den meiner Tochter. Einen Shetland Schäferhund oder Sheltie. Sie wissen, wie die aussehen?«

»Zottig und mit kurzem Schwanz.«

»Falsch. Shelties sehen wie Collies aus, – was das Fell und die Kopfform betrifft – aber sie sind nur ein Viertel so groß. – Es geht darum, daß man mir erzählt hat, Sie hätten etwa vor einem Monat einen solchen Sheltie aufgelesen. Er hatte ein Lederhalsband mit Hundemarke um. Erinnern Sie sich daran?«

Puglias Blick wankte nicht. »Ich glaube nicht.« Zum Teufel, wenn Zyskowski nicht am Ende doch recht hatte. Da kam der Kerl tatsächlich doch noch. Und stand nun auf seiner Schwelle.

»Sie sollten sich aber erinnern. Sie haben das Tier aus dem Haus von Fräulein Geddis drüben in der Saunders Street abgeholt. Sie hätte, so erzählte sie mir, den Hund sogar zurückgenommen, wenn der Besitzer nicht gefunden würde, aber als sie Sie später anrief, haben Sie ihr gesagt, der Hund sei zurückgefordert worden.«

»Wenn ich das gesagt habe, wird es stimmen. Womit die Sache erledigt ist.«

»Nicht ganz, Herr Puglia. Ich frage mich, ob die Person, die den Hund als den ihren ausgab, vielleicht gar nicht der Besitzer war. Man könnte Sie doch angelogen haben, nicht wahr? Ich möchte den Hund daher gern sehen.«

»Das kann ich mir nicht vorstellen.« Puglia kratzte seinen Rundkopf. »Sie kommen und gehen so schnell, daß man gar nicht nachkommt.« Er tat, was Zyskowski ihm geraten hatte – wenn sie anfangen, Fragen zu stellen, kannst du dich einfach an nichts erinnern. Und je mehr sie fragen, desto schlechter ist dein Gedächtnis; so hatte Zyskowski sich ausgedrückt.

»Sie führen doch Buch über die Hunde, nicht wahr?«

Puglia zögerte. »Das ist Vorschrift«, antwortete er schließlich.

»Nun, was ich brauche, ist der Name der Leute, die den Hund mitgenommen haben. Wahrscheinlich ist es ihr Hund, aber ich möchte sicher gehen. Wo haben Sie Ihre Aufzeichnungen?«

Das wurde langsam brenzlig. Puglias Hirn fühlte sich an wie Syrup, er mußte versuchen, Boden unter die Füße zu bekommen. »Meine Notizen sind nicht hier«, murmelte er endlich. Aber er wagte auch nicht, zu behaupten, daß sie in der Sammelstelle waren. Damit würde er sich noch mehr festlegen. »Ich meine, außer über die, deren Fall ich gerade bearbeite.« Sein gezwungenes Grinsen ähnelte dem eines Ochsenfrosches. »Gerade als Sie kamen, wollte ich ein paar Eintragungen machen. Das beschäftigt mich, wenn ich nichts besseres zu tun habe.«

»Sie meinen, der Bericht von diesem Monat ist hier? Sie stellen diese Berichte monatlich auf?«

Puglia leckte sich die Lippen und nickte.

»Also wo ist dann die Liste vom vergangenen Monat? Das ist die, die ich brauche.«

»Vom letzten Monat? Vom letzten Monat – die ist unten im Stadtbüro. Da halte ich sie unter Verschluß.« Vielleicht schreckte der Zusatz »unter Verschluß« den Kerl endlich ab. Wenn er seine Nase in die Akten steckte, würde Puglia bald arg in die Klemme geraten. Er mußte nachdenken – ganz schnell nachdenken. Also schlurfte er auf die Veranda hinaus und lehnte sich an das Geländer. »Zigarette?« fragte er und zog ein Päckchen aus der Hosentasche.

»Danke, ich habe meine eigenen.«

»Wiederholen Sie doch bitte noch mal, wie der Hund aussah«, sagte Puglia, während er das Zigarettenpapier anleckte.

»Braun und gold, weiße Mähne und ein dichter Pelz für einen kleinen Hund.«

»Dichter Pelz? Braun? Da tickt was bei mir. Und ein kleiner Kerl, sagen Sie?«

»Ja, das sage ich. Wie ein kleiner Collie.«

In Puglias Miene arbeitete es, während er sich Zeit nahm, seine Zigarette anzuzünden. »Ich glaube, ich *glaube*, ich kann mich jetzt erinnern.« Aufmerksam betrachete er die schmutzige, mit Schindeln bedeckte Wand des Hauses, dann die gelben Stahlmöbel auf der Veranda und schließlich die blinden Fenster. Wenn doch bloß Zyskowski da wäre und ihm helfen würde. Der wüßte, wie man sich aus einer solchen Falle befreite. Zyskowski würde sich einfach was ausdenken, das war's. »Ja«, sagte Puglia, während seine Augen hin- und herhuschten, »ich glaube, ich hab's. Aber klar – es ist möglich – ich bin sicher, daß es so war.«

»Was denn?« Jack Roberts betrachtete ihn. Das Theater war peinlich.

»Ich erinnere mich jetzt. Es waren Leute aus Pennsylvania und die behaupteten, es wäre ihr Hund. Ein großer Mann mit breiten Schultern – so breit.« Puglia umriß einen Meter Luft mit den Händen, »und seine Frau war klein, eine hübsche kleine Frau mit einem Hut auf. Ich erinnere mich jetzt gut.

Sie war total fertig, weil sie den Hund verloren hatten. Und der Hund benahm sich wie ein Irrer, als er sie wiedersah. Er sprang an ihnen hoch, leckte sie, bellte – Sie wissen ja wie Hunde sind. Die Leute waren völlig außer Rand und Band, na eben furchtbar glücklich.«

Jack Roberts zündete sich auch eine Zigarette an und warf das Streichholz über das Geländer. »Wie haben die Leute denn den Hund verloren, wenn sie in Pennsylvania wohnen? Ist er aus dem Wagen gesprungen, als die durchfuhren?«

»Ja, so war es, wie sind Sie bloß drauf gekommen? Sie haben angehalten, weil die kleine Dame in ein Geschäft wollte oder so was ähnliches, und als sie wieder 'rauskamen, war der Hund weg. Das passiert oft. Die Leute geben nicht genügend acht auf ihre Tiere.«

»Und wieso hatte der Hund dann eine Hartsdaler Nummer auf seiner Hundemarke?«

Puglia blinzelte. »Wer behauptet das?«

»Fräulein Geddis.«

»Ach ja? Na, da hat sie sich sicher geirrt. Aber warten Sie mal, warten Sie mal, ob ich mich erinnern kann. Ich meine, die Leute erzählten, sie hätten den Hund im vergangenen Jahr hier in Hartsdale gekauft. Natürlich hätte er längst eine neue Steuermarke haben sollen, aber wie ich schon sagte, Sie machen sich keine Vorstellungen, wie sorglos die Leute sind. Ich könnte Ihnen da Fälle erzählen …«

»Wo haben die Leute gewohnt, während sie hier in der Stadt waren?«

»Gewohnt?«

»Na, in welchem Motel? Oder wie war ihre Adresse?«

»Keine Ahnung. Das haben sie mir nicht gesagt. Warum wollen Sie das denn wissen? Wollen Sie immer noch wissen, wer die Leute waren?«

»Wenn Sie sich nicht erinnern können, ja. Das muß doch in Ihrem Bericht für das städtische Gemeindebüro stehen. Ich kann ja hingehen und nachsehen.«

70

Puglias Hand zitterte, als er seine Zigarette zum Mund führte. »Das ist sinnlos«, sagte er, »bloße Zeitverschwendung. Ich schreibe niemals die Namen von Leuten auf, die hier nicht wohnen. Wenn sie für den Hund Unterkunft und Futter bezahlt haben, ist der Fall für mich erledigt. Wenn ich aber der Stadt dafür eine Rechnung ausstellen muß, daß ich das Tier aufgelesen habe oder dafür, daß der Tierarzt es eingeschläfert hat, dann ist das was anderes. Das ist dann ein Verwaltungsvorgang in Hartsdale; und das notiere ich.«

»Und Sie erinnern sich nicht an den Namen der Leute?«

»Was würde es Ihnen denn nützen, wenn ich es täte? Der Hund gehörte ihnen, das hab' ich Ihnen doch gesagt. Das Freudengeheul und Gebell – da gab es gar keinen Zweifel.«

»Aber daß Sie ihren Namen und ihre Adresse nicht aufgeschrieben haben, scheint mir nicht auf eine ordnungsgemäße Buchhaltung hinzuweisen«, sagte Roberts.

Da tauchte plötzlich aus dem Nichts Frau Puglia auf und füllte den ganzen Türrahmen. Sie sah aus wie ein Bild von Gauguin, das der Meister als mißlungene Arbeit verworfen hatte. »Hören Sie mal, Mister«, sagte sie in einem mächtigen Bariton, »ich hab' den Hund mit Luigi zusammen gesehen. Ich stand hier neben ihm, und Sie haben kein Recht, hierherzukommen und uns Ärger zu machen oder zu versuchen, ihn auch haben zu wollen. Mein Mann gibt niemals einen Hund an die falschen Leute. Und wir lassen es uns nicht gefallen, daß das jemand behauptet.«

Zum zweiten Mal an diesem Abend bekam Roberts einen Wutanfall. »Bitte sehr, ganz wie Sie wollen«, schnappte er, »aber vielleicht würden die Eintragungen Ihres Mannes es trotzdem aushalten, daß man Einsicht in sie nimmt.«

»Halt' dich da 'raus«, schnarrte Luigi sein Frau an. Verdammtes Weib, was mischte sie sich an, wenn er gerade dabei war, die Sache auszubügeln.

Derart zurechtgewiesen, richtete Frau Puglia ihre Ochsenaugen auf ihren Mann. Ihr Mund stand offen. Der feindselige Ausdruck auf seinem Gesicht ließ ihre Gefühle von bloßer

Überraschung zu Bosheit wechseln. Und plötzlich verwandelte sie sich in eine zurückgewiesene Ehefrau auf dem Kriegspfad. »Na gut, na gut«, brüllte sie. »Bitte mich nicht, für dich in den Zeugenstand zu treten, Luigi Puglia.« Und dann zu Roberts gewandt: »Warum fragen Sie ihn nicht nach seinen ausgestopften Tieren? Er wäre begeistert, Ihnen davon zu erzählen.« Mit hohlem Lachen watschelte sie in die Küche zurück und schlug die Tür mit einem Krach hinter sich zu, der das ganze Haus erschütterte.

Roberts starrte Puglia an. »Wovon redet sie eigentlich?«

Puglias Gesicht war aschgrau geworden. Der Schweiß stand ihm in dicken Tropfen auf der Stirn. »Kommen Sie mit«, sagte er heiser und winkte Roberts mit nikotingefärbten Fingern. Mit Jack Roberts hinter sich stieg Puglia die Stufen der Veranda hinab und ging über den Grasplatz, bis sie sich in sicherer Entfernung vom Haus befanden. »Sie ist krank«, flüsterte er. »Sie ist sehr krank. Sie dürfen ihr keine Beachtung schenken. Sie haben ja gesehen, wie fett sie ist, das gehört dazu. So sagt der Arzt wenigstens. Voriges Jahr ist sie gestürzt, hier im Wohnzimmer. Da hat sie sich schwer verletzt und brach das Schlüsselbein und eine Hüfte. Auch wenn Sie's nicht glauben, sie ist einfach mit dem Sofa zusammengekracht.«

Jack Roberts war bereit, es zu glauben. »Verstehen tue ich trotzdem nichts«, sagte er, »was meint sie denn mit ›ausgestopften Tieren‹?«

Puglia wischte sich die Stirn und schnippte die Schweißtropfen von den Fingern. »Sie spinnt, das habe ich Ihnen doch gesagt, sie spinnt. Sie glaubt, daß die Hunde – die Hunde von der Sammelstelle, die der Tierarzt einschläfert, daß die ausgestopft werden. Sie verstehen, wie Teddybären. Ich kann es ihr nicht ausreden.« Ihm quollen die Augen aus dem Kopf; vor Angst, daß man ihm nicht glaubte.

»Schlimm«, sagte Roberts. »Tut mir leid. Das muß sehr beunruhigend für Sie sein.«

»Beunruhigend ist gar kein Ausdruck. Man kann nicht mit

ihr leben.« Und Puglia warf einen Blick auf das Haus, als wenn er die Absicht hätte, tatsächlich nicht mehr lange mit ihr zu leben.

»Ich muß jetzt gehen«, sagte Roberts. Er war der Lügen und Ehefehden des Herrn Puglia überdrüssig. »Aber ich möchte Ihnen sagen, daß Ihre Hilfsbereitschaft in dieser Hundeangelegenheit nicht gerade groß war; ehrlich gesagt, sie war gleich Null.«

»Ich hab' mir Mühe gegeben«, sagte Puglia und knetete seine Hände, daß die Knöchel knackten. »Aber ich werde weiter nachdenken. Vielleicht fällt mir der Name der Leute noch ein. Obwohl ich immer noch nicht einsehe, wozu – die Leute würden doch ihren eigenen Hund nicht hergeben.«

»Das würde ich auch gar nicht erwarten; nicht mehr als *ich* vorhabe, unseren Hund aufzugeben«, sagte Roberts mit versteckter Drohnung. Dann ging er zu seinem Wagen.

Puglia stolperte schwerfällig hinter ihm her. »Ich hab' 'ne Menge merkwürdige Dinge gesehen seit ich Beamter der Tierkontrolle bin.« Bloß weiterreden und versuchen, vom Thema wegzukommen. »Ich hab' Hunde gesehen, von denen die Leute behaupteten, sie ›streunten‹, obwohl ich genau wußte, daß sie seit Jahren im Hause dieser Leute wohnten. Darauf würden Sie doch niemals kommen, oder?«

»Sie haben vollkommen recht, darauf würde ich nicht kommen.«

»Na, ich hab's erlebt, viele Male.«

Jack Roberts stieg in seinen Wagen. »Weshalb erzählen Sie mir das?«

»Weshalb? Für einen angeblich streunenden Hund brauchen Sie keine Steuern zu bezahlen, und wenn Sie ihn loswerden wollen, muß die Stadt dafür blechen, daß er eingeschläfert wird. Ich sag' Ihnen, manche Leute sind so geizig, daß sie …«

Roberts ließ den Motor an, so daß Puglias Stimme übertönt wurde. »Und bezahlt die Stadt wirklich? Oder melden Sie das?«

Nur nicht noch einmal das Wort ›Meldung‹! Der Kerl war wirklich gräßlich. »Da ist ja nichts zu melden. Ich sage den Leuten, sie sollen den Hund doch selbst erschießen.«

»Aha, auf diese Weise also bringen Sie sie um.«

Puglia fiel der Unterkiefer herunter. Er öffnete den Mund, um den Ausdruck zurückzunehmen, um sich zu verteidigen, aber es kam kein Laut heraus. Als Jack den Gang einlegte, war sein Profil eine harte Linie. Der Wagen bewegte sich vom Kantstein weg.

Achtes Kapitel

Vielleicht eine der traurigsten Tatsachen des Lebens ist, daß Liebe nicht fähig ist, den Vorhang der Entfernung zu durchdringen. Keine Zuneigung, – so tief und dauerhaft sie auch sein mag – kein Flug der Gedanken ist imstande, die kompakte Wand der körperlichen Entfernung zu durchstoßen.

In Sharpsburg ist es drei Uhr morgens, wenn es acht Uhr in London ist. Henry Tayser und seine Frau machten vor dem Frühstück einen Spaziergang in den Kensington Gardens genau in dem Augenblick, in dem Carlos Herz aufhörte zu schlagen. Die Gärtner im Park beugten sich über ihre Harken und säuberten die Blumenbeete. Der Tau auf dem Gras blitzte wie ein Netz aus winzigen Opalen. Der seidige Dunst eines englischen Sommermorgens hob sich und durchdrang in feinen Rauchfäden die glitzernden Blätter der Bäume. Das gedämpfte Brausen des erwachenden Verkehrs vertiefte in merkwürdiger Weise die Illusion der stillstehenden Zeit dieser Szene.

Viele Male am Tag kehrten Henry Taysers Gedanken zu Carlo zurück. Doch wenn er im Augenblick seines Todes an ihn gedacht hätte, wäre das ein Zufall. Kein Zufall war es dagegen, daß Carlo an Henry Tayser dachte. Bis zum Ende, bis die Nebel des Todes ihn einhüllten, klammerte er sich an ihn, bis an die äußersten Grenzen seiner Hundeerinnerung. Und keine Sekunde lang verfiel er einer der menschlichsten Hauptsünden, nicht aus vollem Herzen bereit zu sein, seinem Herrn zu verzeihen.

Vor drei Tagen war Carlo von Dr. Mabatt ausgesucht worden, um in einer seiner Studien über »Obstruktionen der Bauchspeicheldrüse« zu dienen. Oberflächlich beschrieben bestand das Experiment darin, den Magen des Hundes zu öffnen und irgendeinen fremden Gegenstand wie zum Beispiel eine künstliche Perle oder Glaskugel in den Gang der Bauchspeicheldrüse zu stecken; wenn der Gang auf diese Weise verstopft war, würde die Gallenflüssigkeit möglicherweise gezwungen sein, einen anderen Ausweg zu finden.

Die Operation begann kurz nach zwei Uhr an dem Nachmittag, an dem Carlo aus dem Tierspeicher im Hauptverwahrungsraum von seinen Gefährten getrennt worden war. Um drei Uhr unterbrach Dr. Mabatt sie und verließ den Raum, um mit einem Kollegen über ein anderes Thema zu sprechen. Während dieser Unterbrechung blieb der betäubte Carlo auf dem Rücken liegen, mit allen vier Pfoten am Tisch festgeschnallt. Als Dr. Mabatt zurückkam, wurde die Operation beendet und die Wunde zugenäht. Da die Hunde, die vor Carlo von Dr. Mabatt operiert worden waren, alle hatten sterben müssen, nachdem sie nach der Fütterung das Futter wieder ausgewürgt hatten, ersparte man Carlo den unnötigen Eingriff der »Entbellung«.

Nach Abschluß des Experiments sah sich der anwesende Tiertechniker nach einem Tragekorb von ausreichendem Umfang um, in den man den Hund hineinlegen konnte. Da alle in passender Größe besetzt waren, mußte man Carlos Körper krümmen, um ihn in den größten zur Verfügung stehenden Korb hineinzuzwängen. Der maß 90 x 90 cm und war 60 cm hoch, so daß des Hundes Kopf und Hals auf der einen Seite gegen den Draht gepreßt wurden; sein Hinterteil und sein Schwanz auf der anderen Seite. So auf dem Drahtgeflecht liegend, wurde er ins ›Krankenzimmer‹ gerollt. Um 19 Uhr schloß der Wärter vom Dienst den Raum, in dem Carlo immer noch bewußtlos lag, für die Nacht ab.

Ungefähr eine Stunde später erwachte Carlo aus der Narkose. Und nun begann das letzte Stück seines Leidensweges bis zum Ende. Um drei Uhr morgens starb er unter Schmerzen, unfähig sich zu bewegen, in der Finsternis seines Elends allein, in derselben Stellung, in die man ihn zehn Stunden zuvor gezwungen hatte.

Dreitausend Meilen entfernt in den Kensington Gardens wandte sich Henry Tayser zu seiner Frau, atmete nochmals tief die duftende Sommerluft ein und sagte: »Was für einen herrlichen Tag erleben wir.« Vielleicht dachte er in diesem Augenblick sogar wieder an Carlo. Niemand wird es je wissen.

Zehn Tage nachdem Bruce entbellt worden war, kam er wieder an die Reihe. Er erschauerte vom Kopf bis zum Schwanz, als der Wärter mit dem Transportwagen vor seinem Käfig halt machte und den Türriegel löste. Nackte Arme streckten sich nach Bruce aus und zogen ihn heraus. Erfolglos versuchte er, eine der Hände zu lecken, die ihn so schnell vom einen Käfig zum anderen schafften. Dann begann sein neues Gefängnis sich zu bewegen, die Räder knarrten und quietschten über den Betonboden, während der Hund fröstelnd und schwankend darin stand und auf die erregten Rufe der anderen Hunde lauschte. Wieder ging es den Gang hinab zu dem bekannten Aufzug. Würden sie nach oben oder nach unten fahren? Bruce Muskeln waren verkrampft und schmerzten von dem Bedürfnis, wieder laufen und springen zu dürfen. Ein Schnüffeln, ein Blick und er wußte, wo er sich befand. Derselbe nach Äther riechende Korridor, derselbe nach Äther riechende Raum.

Der Wärter ging fort, und Bruce und fünf andere Hunde, vier in Käfigen und der fünfte tot auf dem Boden, mußten warten. Unter Wellen von Angstschauern beobachtete Bruce die Männer und Frauen in weißen Kitteln, die in kurzen Pausen vor der offenen Tür vorbeigingen. Aus dem Nebenraum hörte er Stimmen, Wasser laufen, das Klicken von Metall. Die Erinnerung an seine letzte Erfahrung, den alarmierenden scharfen Geruch von Blut und Äther, versetzte ihn in Schrecken. Er krallte und biß in die Käfigstäbe auf der Suche nach einem Fluchtweg.

Nach langer Zeit als das Zittern allmählich nachließ, kam einer der Tiertechniker aus dem Nebenraum herein. Er hatte eine Stubsnase, rotes Haar und Sommersprossen. Mit wachsamen Augen und wieder von Angst geschüttelt beobachteten ihn die Hunde, wie er sich vorbeugte, um die Karten an ihren Käfigen zu lesen; wie er sich dann zwischen den Schränken und Schubladen hin- und herbewegte, um die Instrumente, die er brauchte, herauszunehmen.

Nachdem er die Geräte zurechtgelegt hatte, kam er zu

Bruce Käfig herüber. »Na, wie geht's?« fragte er. Er hatte eine freundliche Stimme und zwinkerte mit den Augen. Die Spitze von Bruce' Schwanz bewegte sich leise als Antwort. »Du bist ein guter Kerl. Niemand wird dir was zuleide tun.« Die angenehme Stimme wurde wärmer. Vielleicht war dies ein Freund? Der junge Techniker klappte den Deckel des Käfigs hoch.

»Du hast ja schon einen ganz netten Haarschnitt hinter dir, was?« sagte er. Freundlich wedelnd erhob sich Bruce auf die Hinterbeine und stellte die Vorderpfoten auf den Drahtrand. Es war das erste Mal seit vier Wochen, daß er seinen Körper so weit strecken durfte. Seine Freude darüber und sein wachsendes Vertrauen wurden jäh zerstört, als der Mann ein Tuch kreuz und quer um seine Schnauze wickelte und es hinter den Ohren zuknotete. Mit angelegten Ohren sank Bruce zurück auf die Hinterbeine. Ihm fiel Puglia ein und die Tiersammelstelle. Eine Ahnung, es könnte schlimmeres bevorstehen, überkam ihn. Als der Mann sich umwandte, um Gewichte auf die Waage zu setzen, sah Bruce seine Chance und ergriff sie. Wie der Blitz sprang er aus dem Käfig und schoß durch die offene Tür auf den Gang hinaus.

In welcher Richtung ging es in die Freiheit? Es gab nur Wände, Türen, Licht und Menschen. Wie wild nach einer Witterung frischer Luft suchend, die ihn leiten könnte, stürzte er von einer Wand zur anderen und hätte in seiner Erregung fast jemanden über den Haufen gerannt. Dann sah er es hinten am Ende des Ganges, ein bis zum Boden gehendes Spiegelglasfenster. Er hörte den rothaarigen Mann hinter sich schreien, jemand versuchte, ihn zu greifen. Er entwand sich dem Griff und raste den leeren Gang hinunter. Nun sah er deutlich Sonnenlicht vor sich, grüne Blätter und ganz unten einen Grasstreifen. Hier oder nirgendwo mußte es nach draußen ins Freie gehen. Bruce nahm alle Kraft zusammen und warf sich gegen das Glas. Aber das Glas stieß ihn zurück. Erschüttert und einen Augenblick lang betäubt lag er am Boden, mit klopfendem Herzen und nicht imstande, auch nur das Maul zu öffnen und nach Luft zu schnappen.

Wenig später war sein Fluchtversuch beendet. Er wurde hochgehoben und unter großem Gelächter in die Arme des Rothaarigen gelegt, der jetzt auch noch ein rotes Gesicht hatte.

Zurück ging's ins Vorzimmer, der Mann stieß die Tür zu, und nun wurde Bruce gewogen. Dann bekam er eine Morphiumspritze und dann eine mit Atropinsulphat und wurde wieder in den Käfig gestopft. In den folgenden fünfundvierzig Minuten döste er vor sich hin in einem gesegneten wattigen Zustand totaler Gleichgültigkeit.

Inzwischen war ein Tierwärter gekommen, um dem Techniker zur Hand zu gehen. Zwei von den anderen Hunden, einem Beagle und einer Art Basenji, deren Karteikarten sie als Blut»spender« auswiesen, wurden intravenöse Succinylcholinchlorid-Spritzen gegeben, und zwar in die Vorderbeine. Das lähmt die Muskeln. Aber es schaltet in keiner Weise die Schmerzen aus oder lindert sie auch nur. Die Wirkung der Spritze hält fünf bis acht Minuten an, in denen der Hund ein Atemgerät braucht, während er blutet. Das Blut wird aus der Oberschenkelarterie des linken Hinterbeins entnommen und in der Herzlungenmaschine verwendet, wozu zunächst einmal etwa 1.4 Liter nötig sind. Erst wurde der Beagle, dann der Basenji auf den Tisch gelegt, wo sie zu Tode bluteten.

Im Raum herrschte inzwischen durch die drei toten Hunde eine gewisse Unordnung. Der Helfer verschwand für kurze Zeit und schob dann einen Metallkasten auf Rädern herein. Nachdem die Toten in den Kasten geworfen und der Deckel zugeklappt worden war, stellte man ihn draußen auf dem Gang ab, damit er für eine weitere Benutzung bereit stand.

Inzwischen wandte sich die Aufmerksamkeit des Rothaarigen wieder Bruce zu. Er bekam eine genau dosierte Spritze Natriumthiamylal, die langsam intravenös injiziert wurde, bis das Tier keine kornealen (Hornhaut) Reflexe mehr zeigte. Als Bruce das Bewußtsein verloren hatte, wurde er auf den Tisch gelegt und sein Fell noch kürzer geschnitten. Die Haare über den Oberschenkelarterien und ein großer Bereich der Brust wurden glattrasiert. Dann bürstete man ihn mit einer Jodoformlösung und begoß die kahlen Stellen reichlich mit Alkohol.

Endlich wurde das Tier in den Operationssaal getragen und, auf dem Rücken liegend, mit gespreizten Beinen wie eine für den Schmortopf vorbereitete Taube, am Tisch festgebunden. So lag er unter der grellen Deckenbeleuchtung, als Dr. Sweedler erschien, um ihn zu übernehmen. Er und seine beiden Assistenten trugen weiße Kittel und Kappen, Masken und Handschuhe. Eine interessante Anmerkung, weil eineinhalb Meter entfernt an einem zweiten Operationstisch noch ein »Forscher«, ein Dr. Kulick, mit seinem Assistenten, einem jungen Studenten, arbeitete, wobei beide das trugen, was man eine Arbeitsuniform nennen könnte – gewöhnliche Hemden und Hosen. Auf ihrem Tisch lag ein Golden Retriever ausgestreckt, dessen Fell zur Hälfte abgeschoren war, so daß ganze Haarbüschel zu Boden schwebten. Außerdem blieb den ganzen Morgen über die Tür zum Gang offen, Menschen gingen ein und aus, einige in Straßenkleidung, sahen zu und schwatzten.

Da Hunde wohl kaum mehr Widerstandskraft gegen Infektionen haben als Menschen, wäre es von höchster Wichtigkeit, bei jedem chirurgischen Eingriff wenigstens aseptische Verhältnisse anzustreben. Dennoch war es im Hosanna-Krankenhaus üblich, daß die Tiere, wenn der Vorraum besetzt war, im Operationszimmer selbst geschoren und gesäubert wurden. Infolgedessen nahm Dr. Kulick das Auftreten von Kollege Sweedler und seinem Team in vollem sterilen Schmuck auch zum Anlaß, einige dumme Witze zu machen. Der Student grinste, Dr. Sweedler antwortete auf die sarkastischen Bemerkungen mit unverdrossener Freundlichkeit. Immerhin war er dreißig Jahre jünger als Dr. Kulick; er hatte Zeit.

Nachdem Bruce abgedeckt worden war, begann die Operation. Da sie fast vier Stunden dauerte, wäre es ermüdend, wenn nicht unmöglich, eine vollständige Beschreibung von ihr zu geben. Doch zusammenfassend kann man folgendes sagen: Zunächst drückte einer der Assistenten ein Gummi-saugrohr durch Bruce's Maul in seinen Magen hinunter. Als nächstes machte Dr. Sweedler einen Einschnitt in die rechte Oberschenkelarterie und Vene. In beide Blutgefäße wurde ein Schlauch eingeführt, eine Kanüle in die Arterie, um den Blut-druck zu messen, und ein Katheter in die Vene für Injektio-nen. Auch in die linke Oberschenkelarterie wurde ein Ein-schnitt gemacht, auch hier ein Schlauch eingeführt. Diesen schloß einer der Assistenten mittels eines Kunststoff-schlauchs an die Pumpe der Herzlungenmaschine an.

Nach diesen Vorbereitungen setzte Dr. Sweedler Bruce das Messer auf die Brust. Der Einschnitt lief von der Mitte aus in einem Bogen abwärts. Zwei weitere Schläuche wurden ein-geführt, einer in die untere und einer in die obere der venae cavae (das sind die beiden großen Venen, die Blut vom obe-ren und unteren Körper zum Herzen pumpen). Diese Schläu-che wurden ihrerseits an einen größeren Schlauch ange-schlossen, der zum Sauerstoffgerät der Maschine führt. Dann wurde die Herzlungenmaschine angestellt. Das Blut, das man auf diese Weise aus Bruce Körper herauspumpte, wurde in der Maschine mit Sauerstoff angereichert und dann durch den Katheter in der linken Oberschenkelarterie in den Körper zu-rückgepumpt. So übernahm die Maschine die Funktion von Bruce' Herz und Lungen, wobei sie dem Herzen erlaubte, auszusetzen und seine Funktionen einzustellen.

Während der Operation wurden weitere Injektionen von Natriumthiamylal nötig. Bruce bekam auch eine Heparin-Spritze, die die Blutgerinnung verhindern sollte, und später, als sein Brustkasten wieder zugenäht worden war, Protamin, ein Antidot, um die Wirkung des Heparin wieder aufzuheben.

Nach Fertigstellung der Naht blieb ein Schlauch in Bruce' Körper, durch den Blut abfließen und Luft aus der Brust ent-weichen konnte. Langsam kam Bruce wieder zu sich, was Dr. Sweedler für ein gutes Zeichen hielt, zeigte es doch, daß es dem Patienten gut ging. Und nachdem Blutdruck und Puls des Tieres sich anscheinend stabilisiert hatten, wurde er in seinen Käfig im Vorraum zurückgetragen. Eine halbe Stunde später bekam er eine Penicillinspritze.

Am Nachmittag wurde er, nun wieder voll bei Bewußtsein, in das Krankenzimmer gerollt.

Dieser Raum enthielt achtundzwanzig Käfige, von denen die meisten besetzt waren. In Lagen vom Boden bis zu Kopfhöhe hatte man sie übereinandergestapelt, und der Raum war derart von Schmerzen erfüllt, daß die Mauern, hätten sie Nerven gehabt, sicher geborsten wären.

Auf der einen Seite von Bruce lag ein weißer Mischling, dessen breiter, glattrasierter Rücken von Injektionsnadelstichen durchsiebt war, wobei die Löcher nicht weiter als die Zinken einer Gabel auseinanderlagen. Der »Untersucher«, der für den Zustand dieses Tieres verantwortlich war, wollte herausfinden, ob Spritzen, die Histamin enthalten, Geschwüre hervorriefen. Nach dem hängenden Kopf des Hundes zu urteilen, seinen blutunterlaufenen Augen und dem grünen Erbrochenen, das auf dem Draht neben seinen unruhig zuckenden Vorderpfoten lag, konnte man wenigstens mit Sicherheit sagen, daß eindeutig eine Wirkung erzielt worden war.

Auf der anderen Seite von Bruce lagen drei Hunde in einer Reihe, denen der Blinddarm abgebunden worden war, der nun in ihrem Körper verfaulte. Sie befanden sich in verschiedenen Stadien einer Peritonitis (Bauchfellentzündung), krümmten sich, stöhnten und hätten sicherlich mehr Aufmerksamkeit verdient. Aber den Begriff Aufmerksamkeit gibt es im wahren klinischen Sinne eben nur in Form von Beobachtung.

Gegenüber von Bruce war man dabei, einen Labrador einem Magensafttest zu unterziehen. Aus einem Einschnitt in seinem Bauch hing ein 10 cm breiter Schlauch heraus; am Ende des Schlauches ein Beutel. Auf seiner Käfigkarte war der Satz aufgekritzelt: weder Futter noch Wasser geben. Der mit diesem Fall befaßte Arzt war am Freitag ins Wochenende gegangen. Jetzt war es Dienstag, und er hatte sich noch immer nicht sehen lassen. William Losher und die Wärter erkannten den Zustand des Hundes durchaus. Es wäre auch schwer gewesen, die erbarmungswürdigen Schreie zu überhören, wenn den anderen Käfiginsassen Wasser und Futter für ihn sichtbar verabreicht wurden. Auch konnten sie kaum die geschwollene Zunge übersehen, die das Tier versuchte, durch die Gitterstäbe zu strecken. Aber was sollten sie tun? Wenn sie etwas unternehmen würden, wäre es sicher falsch, auch wenn sie nichts taten, riskierten sie Vorwürfe. Sie hatten beschlossen, nichts zu tun.

Um die Begriffsbestimmung der »Forschung an Tieren« ganz zu verstehen, muß man begreifen, daß für Forscher Menschen grundsätzlich wichtiger sind als Tiere. Vorherrschend ist immer das Streben nach neuen Erkenntnissen. Also hat nach dem Verständnis dieser Art Forscher diese sogenannte wissenschaftliche Forschung auch Vorrang vor der Ethik. Der sogenannte edle Zweck heiligt die widerwärtigen Mittel. Und was die Öffentlichkeit nicht weiß, macht sie nicht heiß.

Neuntes Kapitel

Am Tag nach der Begegnung mit Puglia verbrachte Roberts eine Stunde im Gemeindehaus von Hartsdale, um die Berichte des Hundefängers durchzusehen. Wenn man annahm, – was Roberts nicht tat – daß Puglia die Anzahl der Hunde, die er auflas, richtig angab, dann schienen die Eintragungen in guter Ordnung zu sein. Es waren aber die besonderen Hinweise, die er *nicht* notiert hatte, die die Wahrheit verschleiern konnten. Und es blieb unmöglich, zu sagen, welche und wieviele es waren. Der Fall, der Roberts besonders interessierte – Fräulein Geddis Hund – war nicht verzeichnet, ganz wie Puglia schon gesagt hatte.

Wenig später, als sich die Gelegenheit ergab, bemühte Roberts sich um eine Unterredung mit dem Polizeichef, John Mahoney. Mahoney machte nicht den Eindruck, der Angelegenheit allzugroßes Interesse beizumessen. »Glaub' mir Jack«, sagte er, »dieses Geschäft der Hundefänger macht uns viel Kopfzerbrechen. Luigi Puglia beklagt sich über mangelnde Bezahlung. Die Öffentlichkeit beklagt sich, daß die Tiersammelstelle nicht gut betreut wird. Was sollen wir denn machen? Puglia war der sechste, dem wir den Job anboten. Wenn er wütend wird und ihn hinschmeißt, dann haben wir überhaupt niemanden mehr.«

Wie gut, daß jede Münze nur zwei und nicht drei oder noch mehr Seiten hat, dachte Roberts, als er sich nach weiteren Einwänden geschlagen geben mußte. Es machte schon Ärger genug, wenn man die Sache von zwei Seiten betrachtete, wobei es Roberts bei seinem Vergleich nicht in den Sinn kam, daß eine Münze außerdem noch rund ist. Er wußte nur, daß man ihn bei seiner Suche nach Bruce überlistet hatte. Und die klare Erkenntnis, daß Puglia mit seiner Unehrlichkeit Erfolg hatte, erfüllte ihn mit Ingrimm. Auch wenn es nicht um Bruce ginge, der Mann war ein Schwindler und sollte keine Stellung bekleiden, die öffentliches Vertrauen voraussetzt.

Ist es uns allen nicht schon einmal passiert, daß wir ein

neues, noch nie gehörtes Wort lernen – und dann begegnet es uns gleich darauf noch einmal? Es ist, als wäre im Geist ein geschlossener Fensterladen aufgestoßen worden. Etwa drei Wochen nach Roberts Begegnung mit Puglia wurde dieser Fensterladen plötzlich noch weiter aufgestoßen.

Jack Roberts hatte den Vormittag in Sharpsburg verbracht. Seine Geschäfte dort betrafen eine kleine Versicherungsgesellschaft, die ihm in Hartsdale gehörte. Danach saß er allein in einem billigen Restaurant und wartete auf sein Mittagessen, als er eine Unterhaltung zwischen zwei Männern mithörte, die in der Nische hinter ihm saßen.

»Er macht jetzt Gelegenheitsarbeiten in ihrer Gegend, putzt Fenster, stellt Zwischenwände auf und sowas«, sagte die Stimme hinter Roberts Rücken. »Aber er hat mir gesagt, daß er lieber Kanalarbeiter wäre als weiter das zu tun, was er bisher gemacht hat. Angeblich wird er krank davon.«

Der Mann, der auf der Bank mit der hohen Lehne mit dem Rücken zu Roberts saß, gab ein undeutliches tiefes Knurren von sich. Und wieder sprach der erste Mann: »Ich weiß nicht – ein paar Monate. Auf jeden Fall länger als er wollte.«

Die Frage des anderen wurde vom Klappern der Teller verschluckt und vom Lärm an den Nebentischen. »Katzen, Ratten, Hunde, Affen – alles und jedes, vermute ich«, antwortete der erste Mann. »Er sagte, es wäre ein regelrechtes Fließband.«

Beim Wort ›Hunde‹ war Roberts volle Aufmerksamkeit geweckt.

»Nachdem was er erzählt, schmuggeln sie sie nachts rein und raus.« Unverständliche Frage vom Gesprächspartner. »Ja, seit mehreren Jahren. Jetzt ist sie überzeugt, daß es das ist, was passierte. Sie spinnt – es könnten auch ein Dutzend anderer Dinge passiert sein.«

Frage. Roberts wandte den Kopf zur Seite, um besser hören zu können, aber vergeblich. Der Fragensteller hatte eine zu leise Stimme.

Der erste Mann antwortete: »Ja, sie wollte, daß *ich* das tun

85

sollte, aber ich sagte ihr ›hör zu, Eileen, es hat keinen Zweck, mich darum zu bitten, ich tu's nicht. Wenn er weg ist, dann ist er weg.‹ Sie meint, wenn er nicht bei ihnen wäre, dann würden sie mich in ihren Akten blättern lassen. Sie sagt, dann wüßte sie es wenigstens genau. Aber das ist ja hoffnungslos. Ich kann mir doch vorstellen, wie das läuft.«
Bemerkung.
»Du machst wohl Witze. Ich in meiner Stellung? Ich will dir mal was sagen – Geschäfte machen und Leute, die sich in alles einmischen, das verträgt sich nicht. ich würde einen solchen Ort nicht mal mit einer drei Meter langen Stange betreten. Das Schlimme ist, daß der Kerl zuviel geredet hat. Er hat's ihr in allen Einzelheiten erzählt. Wäre ich dabei gewesen, ich hätte es verhindert. – Was?«
»Gestern abend, gleich nach dem Abendessen. Jean wollte auch mitkommen – zum Händchenhalten. Ich war gescheiter. Zwei Frauen, eine davon hysterisch! Das fehlte mir gerade noch.«
Frage.
»Ehrlich, ich hab' die Hälfte vergessen. Er erzählte ihr was – na, daß sie sie in Drahtkäfigen halten, die an der Decke hängen. Und der Draht ist so weitmaschig, daß sie nicht aufstehen können, sonst würden ihre Beine durchrutschen.«
Gebrumm.
»Für mich klingt das verrückt. Aber ich nehme an, daß sie wissen was sie tun, sollten sie wenigstens. Wozu? Nach dem, was er sagt, haben Katzen alle dieselbe Kopfform, so daß man an ihnen prima Gehirnoperationen durchführen kann. Frag' mich nicht, ich bin kein Arzt.«
In diesem Augenblick brachte die Kellnerin Roberts Club Sandwich und den Kaffee. Und als er wieder zuhören konnte, sagte der erste Mann: »Na, da saß sie nun auf der Bettkante und wiegte sich hin und her, die Hände vorm Gesicht, und heulte ›Oh Jimmy, denk' doch nur an den armen Marmalade.‹ Und jedesmal, wenn ich sagte: ›Hör' auf Ma, vielleicht ist er überfahren worden oder sowas,‹ – weißt du, irgendwas um

sie aufzuheitern – dann schrie sie: ›Du hast kein Herz und kein Mitgefühl, du bist ein unnatürlicher Sohn‹ – und dann fing sie wieder von vorn an. O Mann, das war vielleicht ein Abend!«

Gemurmelte Frage.

»Weil sein Fell die Farbe von Orangenschalen in drei verschiedenen Schattierungen hat – und ohne Kerne sozusagen, er ist kastriert. Ein dämlicher Name, finde ich.«

Frage.

»Oh, 'ne ganze Menge. Er sagte, daß sie die Hunde fünfmal in der Woche aufschneiden. Aber am dicksten kam es, als er ihr erzählte, daß er gesehen hat, wie einige Katzen sich in den Käfigen selbst umbringen. Er sagte, sie stoßen so lange mit dem Kopf gegen die Gitterstäbe bis sie sich das Gehirn eingeschlagen haben. Das finde ich nun nicht gerade begeisternd, – wenn es wahr ist – aber das habe ich ihr nicht gesagt. Das Theater genügte mir grade.«

Frage.

»Keine Ahnung, hab' ich nie gesehen. Er war nur wenige Male bei ihr.« Er lachte verärgert. »Wenn er doch nie gekommen wäre. Nach meinem Eindruck hat er zuviel Phantasie.«

Gemurmel

»Ja, ich hab' noch nie gehört, daß man das so nennt, ein toller Name: ›Handel mit ausgestopften Tieren‹.«

Es war in diesem Augenblick, daß etwas in Roberts Erinnerung klingelte. Wer hatte diese feierliche Bezeichnung doch noch vor kurzem gebraucht? Denk' nach. Vielleicht Mahoney? Puglia? Nein, aber das war schon nah dran. Dann fiel es ihm ein. Frau Puglia hatte den Ausdruck gebraucht, als sie wütend auf ihren Mann losging. Da müßte es doch eine Verbindung geben. Doch gerade jetzt konnte Roberts nicht weiter darüber nachdenken. Er mußte zuhören.

Der große Mann brummelte immer noch unverständlich, und Roberts strengte seine Ohren an. Es machte ihn ganz verrückt, daß er nicht mehr als die Hälfte der Unterhaltung verstehen konnte. Wäre er nur Mary gewesen oder eine der Frau-

en, die in der Nachbarnische saßen, die wären einfach aufgesprungen und hätten gefragt. Leider ist das nicht Männerart.

»Meinst du wirklich?« fragte er erste Mann. »Vielleicht
hat der gar nicht so übertrieben, wie ich dachte. Wie hast du
das denn herausbekommen?«

Weiter undeutliche Antworten. Roberts gab auf. Er hörte
erst wieder zu, als der erste Mann etwas sagte. Aber nun bewegte sich die Unterhaltung immer mehr weg vom Thema
Tiere zu Baumaterialien und dem Gebrauch von Glasziegeln.
Roberts versuchte nicht mehr, zu lauschen, sondern dachte
nach. Befand er sich auf einer lohnenden Fährte? War es ein
solcher Ort wie der in der Unterhaltung, an den Puglia seine
Hunde schickte oder sogar derselbe? Frau Puglia wußte es.
Vielleicht war ihr Kopf gar nicht so wirr. Könnte es der Ort
sein, wo Fräulein Geddis Hund – oder eben Bruce – schließlich gelandet wahr? Nicht daß Roberts Hoffnung hatte, Bruce
je wiederzusehen, es war inzwischen einfach zu viel Zeit ver-
gangen. Aber seit seiner Begegnung mit Puglia begann Roberts Interesse sich über das rein Persönliche hinaus dem
Thema als Ganzes zuzuwenden. Immer wieder überlegte er,
ob nicht mehr hinter allem steckte, als auf der Oberfläche
sichtbar wurde. Wenn er doch nur herausbekommen könnte,
was für ein Ort es war, über den die Männer gesprochen hatten. Aus den Worten »Hirnoperation« und »Arzt« könnte man
auf eine Art Tierkrankenhaus schließen. Die Frage war nur:
hier in der Stadt oder fünfzig Kilometer weit weg.

Während Roberts mit sich kämpfte, wie er das Rätsel lösen
könnte, standen die beiden Männer auf und verließen das Restaurant. Jetzt da es zu spät war, wünschte er fast, er hätte den
Schneid gehabt, sie anzureden.

Enttäuscht saß er da und schaute wütend zu, wie die Kellnerin seinen Tisch abräumte. Plötzlich hatte er eine Einge-
bung. »Kennen Sie vielleicht einen der beiden Männer, die
hinter mir saßen?« fragte er sie.

Sie brummte etwas, während sie die Brotkrumen weg-
wischte.

»Wohnen sie hier in der Nähe?«

»Das tun sie. Weshalb? Wozu wollen Sie das wissen?«

»Ich habe einen von ihnen das Baugewerbe erwähnen hören.« Und dann hatte Roberts eine Idee. »Baut er vielleicht am neuen Anbau des Hosanna Krankenhauses mit?«

»Kann sein, keine Ahnung. Er hat mit den meisten Bauprojekten hier in der Gegend zu tun.«

»Wissen Sie, wie er heißt?«

»Na klar weiß ich das. Hogan, Jimmy Hogan.«

»Vielen Dank, Sie haben mir sehr geholfen. Genau das wollte ich wissen.«

Sie hob das Tablett auf. »Möchten Sie einen Dessert?«

»Nein, nur die Rechnung, bitte.«

Eine Minute lang rang Roberts mit einem Entschluß. Sollte er in sein Büro zurückkehren? Dort wartete eine Menge Arbeit. Oder sollte er die Gelegenheit ergreifen und sich das Krankenhaus ansehen? Es könnte ein Monat vergehen, ehe er wieder in Sharpsburg zu tun haben würde. Und wenn er es aufschob, hatte er vielleicht keine Lust mehr. Gerade jetzt interessierte es ihn aber, mehr als das, er war verdammt neugierig. Also gut, los. Erst müßte er seine Sekretärin Doris anrufen und ihr sagen, daß er sich verspäten würde. Dann was? Sollte er die Leute vom Labor anrufen? Bloß um vielleicht abgewimmelt zu werden? Wenn der Ort der Beschreibung auch nur ähnelte, waren Besucher dort sicher unerwünscht. Warum nicht einfach einen Versuch machen, behaupten, daß er nach einem verlorenen Hund Ausschau hielte. Das entsprach ja sogar der Wahrheit, und sie konnten nicht mehr tun als ihn wegschicken.

Zwanzig Minuten später stellte er seinen Wagen auf dem Krankenhausparkplatz ab und ging um die Absperrung herum, die das Gebäude umschloß, das man ihm als das Tierlaboratorium bezeichnet hatte.

Es sah ganz gewöhnlich aus, fünf Stockwerke aus roten Ziegeln, von einer Kletterpflanze berankt. Das einzig Merkwürdige war ein auffälliger Mangel an Türen. Roberts hatte bereits drei Seiten des Gebäudes ausgekundschaftet, ohne einen einzigen Eingang gefunden zu haben. Als er um die letzte Ecke bog, sah er vor sich eine Öffnung in der Absperrung, zu der ein Aufgang von der Straße führte, und als er davorstand, zwei Türen in einem Abstand von wenigen Metern – eine grüngestrichene aus Holz und eine breite Doppeltür aus Metall. Die grüne Tür war offensichtlich für Menschen bestimmt. Auf der Ziegelmauer daneben stand die Aufschrift: Tierpflege-Bau.

Jack Roberts öffnete die grüne Tür und trat in die Eingangshalle. Hinten links lagen zwei Fahrstühle, davor ein Büro, in dem zwei Frauen Schreibarbeiten verrichteten. Als er sich näherte und überlegte, wie er beginnen sollte, öffnete sich die Eingangstür hinter ihm nochmals und ein großer dunkler Mann trat ein und ging in gebückter Haltung an ihm vorbei. »Da bin ich wieder«, sagte er zu den Frauen und verschwand im Gang.

Eine der Frauen näherte sich Roberts mit fragendem Blick. »Ich hätte gern mit der Person gesprochen, die für die Tiere zuständig ist – für die Hunde«, sagte Roberts zu ihr.

»Dann müssen Sie sich an Herrn Losher wenden«, antwortete sie, »aber der ist noch nicht vom Mittagessen zurück.«

»Ja dann« – Roberts zögerte. Wie lange wollte er noch mit dieser Phantomjagd verbringen? »Kann ich nicht mit jemandem anders sprechen?«

»Was wollen Sie denn wissen?«

»Uns ist unser Hund abhanden gekommen, wir haben schon überall gesucht und fragen uns nun, ob er vielleicht hier ist?«

Einen Augenblick stand sie nachdenklich da, dann sagte sie: »Moment mal, ich versuch's«, und ging zum Haustelephon. »Wie heißen Sie bitte?« fragte sie Roberts über die Schulter. »Und kommen Sie im Auftrag einer Organisation?«

»Nein, ich habe nichts mit eine Organisation zu tun. Mein Name ist Roberts.«

Sie sprach eine Weile am Telephon. »Wenn Sie diesen Gang hinuntergehen«, sagte sie dann und zeigte den Weg. »Dr. Palaccis Zimmer ist das letzte ganz hinten.«

Dr. Palacci stand, in Akten blätternd, vor einem Schrank, als Roberts eintrat. Es war derselbe Mann, der gerade an ihm vorbeigegangen war. Aus der Nähe gesehen fiel seine Adlernase auf, eine olivfarbene Gesichtshaut und schwarzes Haar über einer Stirnglatze, das er sorgfältig über die kahle Stelle gekämmt hatte.

»Bitte setzen Sie sich, Herr Roberts«, sagte er. »Ich komme sofort.«

Roberts setzte sich und zündete eine Zigarette an. Aus irgendeinem Grund war er nervös. Vielleicht wegen der medizinischen Atmosphäre – einer Spannung, die jeder Patient spürt, wenn er sich auf eine niederschmetternde Neuigkeit gefaßt macht. Oder vielleicht war es Roberts angeborene Abneigung gegen das Schnüffeln. Was für ein Recht hatte er, bei den Leuten hier herumzustöbern? Naja, nun war er mal da und mußte es durchstehen.

Der Doktor schloß die Schranktür und setzte sich in den Drehstuhl hinter seinem Schreibtisch. »Was kann ich für Sie tun?« fragte er. »Ich höre, es handelt sich um einen Hund.«

»Ja, einen Shetland Schäferhund, einen Sheltie. Sicher wissen Sie, wie die aussehen – wie ein kleiner Collie.« Der Arzt nickte. »Es würde zu weit führen, Ihnen die ganze Geschichte zu erzählen. Ich will daher versuchen, mich so kurz wie möglich zu fassen. Er gehörte meiner Tochter, und wir liebten ihn alle sehr. Er ist uns abhanden gekommen, und wir haben alles getan, um ihn wiederzufinden.« Nicht ganz richtig ausgedrückt, dachte Roberts, denn er hatte doch längst die Hoffnung aufgegeben, Bruce je wiederzusehen. »Und nun ist uns, das heißt mir, der Gedanke gekommen, daß er vielleicht durch ein Versehen hier hereingeraten sein könnte.« Du fängst ja gut an, dachte Roberts. Das grenzt ja an Beleidigung. Vermutlich wirst du jetzt hinausgeworfen.

Aber zu seiner Erleichterung lehnte sich Dr. Palacci in seinem Stuhl zurück und lächelte freundlich und geduldig. »Das ist sehr unwahrscheinlich«, sagte er.

»Ich weiß. Das ist mir natürlich klar«, stimmte Roberts hastig zu. »Aber da es für uns soviel bedeuten würde, ihn wiederzufinden, wollte ich nicht die kleinste Möglichkeit ausschließen.«

Dr. Palacci schien immer noch ungerührt zu sein. »Ich verstehe«, sagte er.

Roberts suchte nach einem neuen Anfang. »Haben Sie hier im Augenblick viele Hunde?«

»Etwa die durchschnittliche Zahl. Das schwankt.«

Die durchschnittliche Zahl – wieviele waren denn das, fünf, zehn, zwanzig? Drückte der Mann sich mit Absicht so ungenau aus? Laut fragte Roberts: »Wäre es wohl möglich, daß ich sie anschaue? Dann wüßte ich – dann wäre ich ganz sicher, daß unser Bruce nicht hier ist.«

»Das wäre möglich.« Der Arzt lehnte sich wieder vor, stützte einen Ellenbogen auf den Schreibtisch und legte das Kinn in die Hand. »Dazu müßte ich Ihnen jedoch erst ein paar Fragen stellen. Ich verstehe immer noch nicht ganz, Herr Roberts, wie Sie gerade auf uns kommen.«

»Nun, offen gestanden, ich überhörte eine Unterhaltung. Dadurch kam ich auf die Idee.«

»War es irgendeine Unterhaltung? Oder redeten Leute, die hier arbeiten?«

Roberts fühlte den ersten Stich der Sonde. Das gab ihm Zuversicht. Wer auf eine solche Frage kommt, der ist auf der Hut. »Nein, ich bin sicher, daß die Leute hier nicht arbeiten. Ihre Unterhaltung war ganz allgemein. Ich kenne sie gar nicht.«

Dr. Palacci strich sich das ohnehin anliegende Haar über der kahlen Stelle auf seinem Kopf glatt. Roberts vermutete, daß er die Frage gern noch weiter verfolgt hätte, dem Impuls aber widerstand.

»Gelegentlich kommen Leute hierher, die nach ihren verlorengegangenen Tieren suchen«, sagte Dr. Palacci, »aber ich kann Ihnen versichern, daß die hier nur sehr selten gefunden werden, ich möchte sagen fast niemals. Wir geben uns die allergrößte Mühe, niemals an Tiere zu geraten, die ein Heim haben. Das wäre das letzte, was wir uns wünschen.«

»Woher bekommen Sie denn Ihre Hunde, Herr Dr. Palacci, wenn ich fragen darf?«

»Aus vollkommen zuverlässiger Quelle. Wir würden niemals etwas anderes zulassen.«

»Züchten Sie selbst?«

»Nein, nein, das wäre viel zu teuer. Und ein Hund unter sechs Monaten hat für uns sehr wenig Nutzen.«

»Also dann kaufen Sie sie? Von Zwingern oder Tiersammelstellen?«

Dr. Palacci rückte den Aschenbecher näher an Jack Roberts heran. »Bei unserem geringen Budget können wir es uns nicht leisten, sie von Zwingern zu kaufen. Das kommt nicht in Frage.«

Warum sagte der Mann nicht gerade heraus, wie sie es machten? Warum ging er um den heißen Brei herum? Er mußte sich sehr ungemütlich fühlen. Mit wachsendem Selbstvertrauen stürzte sich Roberts in den Kampf. »Also kommen die Tiere aus Sammelstellen«, sagte er. »In der Nähe?«

Dr. Palacci machte eine abwehrende Handbewegung. »Ich fürchte, daß es gegen unsere Politik ist, Ihnen darüber Auskunft zu geben.«

Jack Roberts schlug die Beine übereinander. »Entschuldigen Sie, daß ich darauf beharre – wegen des Verlustes unseres Hundes bin ich natürlich besonders interessiert.« Er stellte die Füße wieder nebeneinander. »Haben Sie je von einer Tiersammelstelle gehört, die in Hartsdale liegt und einem Herrn Puglia gehört?«

»Niemals.«

Dr. Palacci machte den Eindruck als sagte er die Wahrheit. Auf jeden Fall, entschied Roberts, mußte er das hinnehmen. »Nun, wenn es Hunde aus einer Tiersammelstelle sind, dann müssen sie doch jemandem gehört haben. Ist das richtig?«

»Nicht unbedingt, nicht so, wie Sie wohl meinen. Die meisten Hunde in einer Tiersammelstelle sind solche, die niemand haben will. Man hat sie ausgesetzt. Und wenn sie in der Sammelstelle verblieben, müßten sie abgetan werden. Daher ist es fast eine Freundlichkeit, sie hierherzubringen. Hier bekommen sie Futter und werden versorgt; und sind überdies noch von Nutzen.« Dr. Palacci öffnete eine Schublade in seinem Schreibtisch und nahm eine rosa Broschüre heraus, die oberste von einem ganzen Stapel. »Vielleicht kann ich Ihnen das mitgeben«, sagte er und reichte die Broschüre herüber. »Sie könnte Ihnen einige Fragen beantworten.«

Roberts las den Namen auf dem Einband: ›Verwöhnter als Haustiere‹. »Ein interessanter Titel«, bemerkte er.

»Ja. Und Sie werden feststellen, daß der Inhalt dem Laien eine Vorstellung davon vermittelt, wie die Versuchstiere gepflegt werden.«

»Danke, ich werde es lesen.« Roberts steckte die Broschüre in die Tasche. »Wie lange ungefähr bleiben Ihre Hunde hier, Herr Doktor?«

»Die kurzfristigen bleiben einige Wochen, bis zu einem oder zwei Monaten.«

»Und was passiert dann mit ihnen?«

»Dann werden sie eingeschläfert.«

»Sie werden niemals abgegeben – bekommen niemals ein neues Heim?«

»Nun kaum.« Dr. Palacci lächelte. »Wir haben hier keine Vermittlung für Adoptionen. Wir haben sie gekauft. Also gehören sie uns.«

»Aha. Und die anderen Hunde?«

»Die langfristigen werden auf unsere Farm geschickt.«

»Und wo befindet die sich?«

»Ein paar Kilometer von hier. Draußen auf dem Lande.«

Roberts spürte, daß seine Frage wieder an das Schild »Zutritt verboten« stieß. Er änderte seine Taktik. »Sicher brauche ich Ihnen nicht zu sagen, wie neu das alles für mich ist. Würden Sie mir daher bitte erklären, warum es nötig ist, Hunde in der Forschung zu benutzen?«

Lächelnd breitete Dr. Palacci die Arme aus. »Warum denn keine Hunde?«

Roberts lächelte zurück. »Weil ich Hunde mag, würden mir schon ein paar Gründe einfallen, warum nicht. Ich meinte, vom medizinischen Standpunkt – warum benutzen Sie nicht eine niedere Tierart?«

»Wir benutzen eine Menge anderer Arten, Hühner, Frösche, Mäuse, Kaninchen, Schafe. Wir haben eine Mäusekolonie von zehntausend Stück, und wie alle Labors sind wir räumlich ziemlich beschränkt.«

Roberts versuchte, sich eine Ansammlung von zehntausend Mäusen vorzustellen. Aber seine Phantasie versagte.

»Wissen Sie«, fuhr der Arzt fort, »Hunde haben gewisse markante Ähnlichkeit mit dem Menschen, und im Gegensatz zu anderen Tieren ist die Wahrscheinlichkeit, daß sie kratzen und beißen, geringer. Ich möchte mal sagen, sie sind eher bereit, sich etwas gefallen zu lassen.«

Wahrlich ein plausible Erklärung, dachte Roberts. Mit anderen Worten, wenn Hunde weniger vertrauensvoll wären, würden weniger benutzt werden. Die Einstellung des Arztes war wirklich herzerwärmend.

»Das ist auch der Grund, weshalb wir weniger Katzen haben«, schloß Dr. Palacci. »Sie sind nicht so leicht zu behandeln.«

Das bedeutete immerhin Hoffnung für Marmalade. Vielleicht war er durch einen Lastwagen befreit worden.

»Ich nehme an, daß Sie über die Hunde Buch führen, die hierherkommen?« fragte Roberts.

»Aber ganz gewiß.

»Werden sie nach der Rasse und nach ihrem Ankunftsdatum registriert oder wonach sonst?«

»Die Rasse oder Rassenähnlichkeit wird auf der Karteikarte jedes Hundes vermerkt. Und dann werden sie unter den Namen des Experimentators und des Versuchs registriert.«

»Experimentator?«

»So nennen wir einen Arzt oder Medizinstudent, wenn er in der Forschung tätig ist.«

»Ich habe aus einem ganz bestimmten Grund nach den Eintragungen gefragt. Wenn unser Hund hier wäre – vielleicht könnte ich die Karteikarten der letzten Wochen einmal durchsehen?«

»O nein, das tut mir leid. Die Karten werden aus rein privaten, das heißt medizinischen Gründen angelegt.«

Aha, wieder eine Sackgasse. Es hätte ja zu Schlußfolgerungen führen können, wenn man erführe, was sie eigentlich mit den Tieren machten. »Was für Experimente werden denn an ihnen durchgeführt?« fragte Roberts.

»Gewebeübertragungen, Nierenfunktionstests, Ernährungsstudien – viele verschiedene Dinge. Die Öffentlichkeit wartet auf Fortschritte, auf Resultate. Sie wünscht Verbesserungen. Verbesserungen bei den Medikamenten, Operationstechniken undsoweiter. Und es gibt nur einen Weg, ihren Wunsch zu erfüllen – non-stop Forschung. Etwas muß man dafür opfern, und Tiere sind der geringste Aufwand. So einfach ist das.«

So einfach erschien es Roberts keineswegs. Wenn er sein Inneres erforschte, verstrickte er sich rasch in Schuldgefühle und Zweifel. Wie hatte er so blind sein können, daß er sich in all den Jahren nie den Umfang des Geschehens und das Ausmaß des Konflikts klar vor Augen geführt hatte? Durften Menschen sich das Recht nehmen, gesundes Leben zu vernichten und Krankheiten mit all ihren Qualen hervorzurufen? Roberts Gewissen oder Gefühle – irgendetwas tief in seinem Inneren – sträubte sich dagegen, diesen Gedanken zu akzeptieren. »Das wußte ich nicht«, sagte er niedergeschlagen.

»Das wissen viele Leute nicht«, antwortete Dr. Palacci, »aber ich freue mich, sagen zu dürfen, daß die Staatliche Gesellschaft für Medizinische Forschung glänzende Arbeit leistet, in dem sie der Öffentlichkeit die Wahrheit über die Tierforschung nahebringt.«

»Natürlich habe ich etwas über das Thema gehört und gelesen. Das hat wohl jeder. Es ist mir aber niemals richtig aufgegangen ...«

»Was ist Ihnen niemals richtig aufgegangen?«

»Nun, also ... daß, wenn man mir ein Medikament verabreicht oder ich mich einer Operation unterziehe, daß dafür viele gesunde Tiere ...« Roberts suchte nach einem möglichst wenig beleidigenden Ausdruck – »meinetwegen haben leiden müssen.«

»Wie soll man denn sonst Ergebnisse erzielen?«

»Ich weiß nicht«, sagte Roberts lahm, »es ist ein so neuer Gedanke für mich, daß ich darauf noch nicht antworten kann.« Er drückte seine Zigarette aus. »Ich frage mich einfach, ob ich das wert bin, ob der Preis nicht zu hoch ist.«

Ein leichtes Lächeln flog über das Gesicht des Arztes. »Das werden Sie sich an dem Tag nicht mehr fragen, an dem Sie oder einer der Ihren krank wird.«

Roberts gab keine Antwort. Er versank in Gedanken. Würde er nicht, wenn er in eine Zwangslage geriet, zu den anderen in dasselbe Boot steigen, in der Hoffnung, daß jemand die Verantwortung übernahm – daß seine Behandlung schon an jemand anders ausprobiert worden war? Der Gedanke machte ihm Angst.

Das Telephon klingelte. Dr. Palacci nahm den Hörer ab, hörte eine Weile zu und wandte sich dann zu Roberts. »Es tut mir leid, wir müssen unser Gespräch abbrechen. Ich werde gebraucht.«

Robers erhob sich. »Ich bin Ihnen sehr dankbar. Sie haben mir viel Zeit geopfert und waren sehr liebenswürdig.« Er zögerte. »Bevor ich gehe – gibt es denn wirklich niemanden, der mir die Hunde zeigen kann?«

Der Doktor schaute auf seine Armbanduhr. »Ich fürchte, unser Tierwärter ist noch nicht vom Mittagessen zurück. Er geht immer sehr spät.«

»Dann komme ich vielleicht ein anderes Mal wieder – bald.« Wenn sie wüßten, daß er ihnen nochmals lästig fallen würde, wäre es ihnen vielleicht lieber, ihn gleich loszuwerden.

Dr. Palaccis Augenbrauen vibrierten. »Ich sehe mal nach, ob er schon wieder da ist«, sagte er mürrisch und nahm erneut den Hörer ab. »Ich habe mich geirrt«, sagte der dann, »Herr Losher ist schon zurück. Er kommt in einigen Minuter herunter. Dann können Sie ihm genau erklären, nach wem Sie suchen.«

Allein gelassen stand Roberts am Fenster und schaute über den Grasstreifen zwischen den Stämmen und Zweigen einiger Ulmen hindurch auf die Gruppe der Ziegelgebäude. Wohlstand, Prestige, Ehrgeiz und äußerste Diskretion, dachte er bei sich, das ist eine ganz schön furchteinflößende Zusammenstellung.

Dann sah er auf die Uhr und wandte sich dem Zimmer zu. Es gab keine Zeitschriften. Auf dem Bücherregal standen Reihen dicker, gebundener Bücher. Sie enthielten überliefertes medizinisches Wissen, unangreifbar, auf jeden Fall weit über seinen Horizont hinausgehend. Ein Büchlein, vergilbt vom Alter, lag auf dem Rand eines der untersten Regale. Der Titel stach Roberts in die Augen: ›Der Hund in der medizinischen Forschung‹. Er setzte sich wieder und schlug das Buch irgendwo auf.

»Es ist von höchster Wichtigkeit, daß die Öffentlichkeit ein wahres und unverfälschtes Bild von der Arbeit des medizinischen Forschers bekommt und den richtigen Eindruck von der tatsächlichen Behandlung der Tiere, besonders der Hunde, die in der Forschung in Universitäten, spezialisierten Schulen für Medizinstudenten, Krankenhäusern und anderen Forschungsinstituten benutzt werden. Denn ein verfälschtes Bild zu geben ist nicht nur möglich, sondern es geschieht vielleicht häufiger als die Wissenschaftler selbst bemerken. Günstigstenfalls zeigt dieses falsche Bild einen seltsamen Typ Mensch, der einseitig in seiner Hingabe an die Wissenschaft ist und ohne jegliche normale Gefühlswärme. Schlimmstenfalls wird der medizinische Wissenschaftler als jemand dargestellt, der sorglos mit Leben umgeht, erbarmunglos ist und routinemäßig Schmerz zufügt, wobei ihm das gleichgültig ist oder er die Schmerzen des Tieres sogar genießt. Daher empfinden viele Leute tiefe Sorge, wenn sie über den Gebrauch von Tieren jeder Art, besonders Hunden, in der wissenschaftlichen Forschung nachdenken, obwohl sie recht gut wissen, was sie und die Gesellschaft ihr verdanken. Die Besorgnis, mit der humanitäre Organisationen, der Tierschutz und andere Gruppierungen die Experimente in der medizinischen Forschung verfolgen, ist bekannt. Ihre Furcht wird von gelegentlichen unverantwortlichen Anklagen genährt, die von Grausamkeiten oder mutwilliger Vernachlässigung sprechen und dann in Zeitungen oder Zeitschriften erscheinen. Der strikt sachliche Bericht über dasselbe Ereignis, der später nach sorgfältiger Untersuchung in einem Fachjournal oder im ›Bulletin für Medizinische Forschung‹ erscheint, hat dann wenig oder keinen Neuigkeitswert mehr und kann die Verdrehung der Tatsachen nicht mehr aufheben. So kommt es dazu, daß die Sorge um die Tiere – sicher meistens im guten Glauben – zum direkten Ergebnis eines verfälschten Bildes vom medizinischen Wissenschaftler wird, weil die Öffentlichkeit es als das wahre akzeptiert.

Das hartnäckige Beharren auf der entstellten Vorstellung vom Experimentator und seiner Arbeit stellt eine Bedrohung des Fortschritts der medizinischen Wissenschaft selbst dar. Eine Tätigkeit zum Wohle des Menschen kann sich nicht auf öffentliche Unterstützung verlassen, wenn ein wesentlicher Anteil der Gesellschaft sie als grundsätzlich grausam betrachtet. Es muß daher im öffentlichen Interesse von größter Wichtigkeit sein, wirksame Maßnahmen zu ergreifen, um die Allgemeinheit so mit dem medizinischen Wissenschaftler und mit der medizinischen Wissenschaft vertraut zu machen, wie sie wirklich sind, beziehungsweise wie ihre Arbeit wirklich ist. Ein solches Bemühen erfordert, daß sich der Wissenschaftler – jeder Wissenschaftler – die Zeit nimmt, auf die führenden Bürger seiner Gemeinde, die ein aufrichtiges und

konstruktives Interesse am weiteren Fortschritt und am end-
gültigen Sieg über die Krankheit haben, zuzugehen und sich
mit ihnen bekanntzumachen. Und es erfordert andererseits,
daß diese Bürger, die eine Pflicht gegenüber der Öffentlichkeit zu erfüllen haben, sich ebenfalls die Zeit nehmen, den
Laboratorien und den Instituten, die Tierforschung betreiben,
gelegentlich Besuche abzustatten. Diese Personen werden die
Bedingungen der Unterbringung dann aus eigener Anschau-
ung kennenlernen. Und ihre Überzeugung wird wachsen, daß
die Tiere gut behandelt werden. Die moderne Ausrüstung der
Laboratorien und die Anlage und hygienische Unterbringung
von Hunden und anderen Tieren wird festgestellt werden;
ebenfalls die Tatsache, daß Beruhigungsmittel und Narkosen
gegeben werden, wie auch die menschliche Fürsorge über
den Abschluß der Experimente hinaus, einschließlich einer
Autopsie und der folgenden Entfernung und Beseitigung der
Tiere. Wer durch eine solche Besichtigung informiert wurde,
sollte jeden vorurteilslosen Laien oder jede Organisation davon überzeugen, daß die Wissenschaftler, die in Universitäten, Laboratorien und anderen Institutionen arbeiten, die für
die Versuche bestimmten Tiere menschlich behandeln.

Ist aber das breite Publikum angemessen über die Notwen-
digkeit von Experimenten und die heutige Behandlung von
Versuchstieren informiert worden, wird es sicherlich unge-
sunde restriktive Maßnahmen gegen die medizinische Forschung nicht mehr erlauben. Immer unter der Voraussetzung,
daß die Forscher einen Teil der Verantwortung für die Infor-
mation des Publikums übernehmen! Sie müssen dem unbe-
einflußten Laien klare Auskünfte erteilen, oder sie werden
feststellen, daß die wenigen, die sich den Tierversuchen wi-
dersetzen, die Schlacht wegen ihrer Unterlassungssünde ge-
winnen.«

Die Schlacht? wiederholte Roberts im Geiste. Und da hatte
ich doch vor einer Stunde noch keine Ahnung, daß hier eine
Schlacht geschlagen wird!

Zehntes Kapitel

Auf dem Gang näherten sich die Schritte. William Losher öffnete die Tür. Er mochte etwa Ende vierzig sein, hatte kurzgeschnittenes braunes Haar und vergißmeinnichtblaue Augen; tiefe Falten furchten seine Stirn und seine Mundwinkel. Roberts erklärte nochmals den Grund seines Besuches.

»Die Hunde befinden sich in einem anderen Stockwerk«, sage Losher. »Wir nehmen den Aufzug.«

Sobald sie im vierten Stock aus dem Fahrstuhl traten, fielen Roberts zwei ganz bestimmte Gerüche auf. Im ersten überwogen deutlich Chemikalien, im zweiten die Ausdünstungen lebendiger Tiere. Er erinnerte Roberts an seine Besuche im Zoo.

»Sie sind da hinten«, sagte Losher.

Sie gingen nebeneinander den breiten, künstlich beleuchteten Mittelgang hinunter. Zu beiden Seiten lagen geschlossene, mit Nummern versehene Türen.

»Was ist in all den Räumen?« fragte Roberts.

»Da sind kleinere Tiere untergebracht. Sie können hineinsehen, wenn Sie wollen.«

Roberts trat näher und lugte durch eine Glasscheibe, die sich in Augenhöhe in der Tür befand. Er sah saubere Betonwände und -fußböden; Neonröhren strahlten bleiches Licht von der Decke. Darunter Regal an Regal kleine Drahtkäfige, in denen wollig weiße Kaninchen hockten. Ihr weiches Fell sträubte sich durch die Drahtlücken. »Was geschieht mit ihnen?« fragte Roberts.

»Krebsimplantate.«

Roberts sah genauer hin. In einigen Käfigen in der Nähe der Tür waren die Kaninchen von der Seite zu sehen. Ihre Reglosigkeit, der flache, zweidimensionale Eindruck, den ihr Körper machte, und ihre großen dunklen, ovalen Augen ließen ihn an altägyptische Reliefe denken. Er konnte die vernähten Wunden erkennen und haarlose ledrige Schwellungen auf ihren Wangen. Ihre Käfige schienen groß genug, um darin ein paar Stunden zu verbringen, aber mehr nicht.»Wie lange bleiben sie denn da eingesperrt?« fragte er.

William Loshers blaue Augen weiteten sich.»Na immer«, sagte er. Und wandte sich ab.»Hier drüben haben wir unseren Sterilisationsraum«, sagte er und blieb vor einer offenen Tür stehen.»Dieser Apparat da ist nagelneu. Er kostete $ 11.000.-« Roberts sah eine große viereckige Vorrichtung aus Metall, die in der Mitte des Raumes wie eine Erfindung aus einem Frankenstein-Film aufragte.»Die hat uns schon eine Menge Handarbeit erspart«, sagte Losher.»Jetzt können alle Käfige viel schneller gereinigt werden und wir sind sicher, daß sie wirklich keimfrei sind.«

Roberts lag es auf der Zunge zu fragen, ob das wichtiger wäre als größere Kaninchenkäfige, er entschloß sich aber, zu schweigen.»Die Fehlerquellen müssen auf ein Minimum beschränkt werden«, fuhr Losher fort und bestätigte damit Roberts Gedanken, daß die Sterilität von Anlagen und Lebewesen den absoluten Vorrang hatte.

Sie setzten ihren Weg zwischen Wänden und Türen fort. »Wo halten Sie denn Ihre Katzen?« fragte Roberts. Wenn er einen Blick auf Marmalade erhaschen könnte, würde er Frau Hogan einen Brief schreiben.

»Interessieren Sie sich auch für Katzen?« Losher sah überrascht aus.

»Nein, nicht besonders. Ich wollte es nur gern wissen.« Dies ist nicht der Ort, wo man gern etwas wissen möchte, ermahnte er sich. Das mögen sie nicht.

»Gehören Sie einer Organisation an?« fragte Losher.

»Nein.« Schon wieder diese Frage. Was hatten sie nur gegen Organisationen? Offenbar machte es einen schlechten Eindruck, einer anzugehören. Und wenn er nun ja gesagt hätte? Würden sie ihn dann noch weiter herumführen oder würden sie ihn zum Gehen auffordern?

Losher blieb stehen.»In diesem Raum halten wir einige von unseren Mäusen.«

Roberts ging zur anderen Seite hinüber, um durch das Fenster in der Tür zu schauen. Da standen Dutzende und Aberdutzende von Kunststoffkästen, deren Böden mit Holzspänen beschüttet waren. Jeder Kasten war so groß wie ein Schuhkarton, und Scharen weißer Mäuse mit langen Schwänzen huschten darin herum und krabbelten übereinander.

»Wir halten zwölf in einem Kasten«, sagte Losher. »Und einer unserer Forscher hat gerade mehrere tausend Dollar von dem ihm bewilligten Geld dafür ausgegeben, daß er *seine* Kunststoffboxen durch rostfreie Stahlboxen ersetzen darf. Er hält sie für besser.«

»Besser für ihn oder für die Mäuse?« entfuhr es Roberts. Losher warf ihm einen Blick zu. »Für unsere Arbeit natürlich.«

Schweigend folgte Roberts dem Chef der Tierpfleger den Gang hinunter. Wenigstens konnten die Mäuse aus den Kunststoffkästen herausschauen. Die Metallkästen würden ein dunkles Grab für sie sein, wenn auch glücklicherweise völlig steril.

William Losher zog einen großen Schlüsselring aus der Hosentasche und wählte einen Schlüssel. Als er ihn ins Schloß steckte, brach in dem Raum hinter der Tür die Hölle los. Losher öffnete die Tür und trat beiseite, um Roberts eintreten zu lassen. Da der Anblick und der Lärm so vieler Hunde Roberts unvorbereitet traf, war er einen Augenblick völlig überwältigt. Mein Gott! dachte er. Dann aber ging er vor Losher her und versuchte, seine Aufmerksamkeit auf sein Vorhaben zu richten. Der ohrenbetäubende Krach hallte an den Wänden wider, die Gerüche, die zusammengedrängten Käfige, das Kratzen von Pfoten auf dem Maschendraht und die flehentlichen Blicke aus Hundeaugen hoben ihm den Magen.

Doch zwang er sich, langsam von Käfig zu Käfig zu gehen und hineinzuschauen. Er sah gesunde und kranke Hunde, Hunde mit Verbänden und in Gips und solche, denen struppiges Fell um frische Narben herum nachwuchs. Aber die meisten Tiere waren lebhaft und gesund. Kein Zweifel, entschied er, an denen hatte man noch nicht experimentiert. Gangauf und gangab schritten die beiden Männer hintereinander her durch drei mit Käfigen gefüllte Räume. Roberts sah kurzhaarige und langhaarige Hunde, Beagles, Boxer, Bulldoggen und Mischlinge, Mischlinge, Mischlinge; Spaniels, Vorstehhunde, Pudel und wieder Bastarde und nochmals Bastarde. Aber der, den er ohne Hoffnung suchte, den sah er nicht. Bruce war nicht dabei.

Als er zum letzten Mal auf den Korridor hinaustrat, konnte er fühlen, wie sein Hemd am Rücken klebte. Ohne Frage, wenn man hier jeden Tag aus- und einging, gewöhnte man sich an den Anblick und wurde hart. Und am Ende verrohte man sicher. Aber für ihn, Jack Roberts, wurde diese Erfahrung zu einem entsetzlichen Erwachen. Das werde ich niemals vergessen können, dachte er, und eine tiefe Niedergeschlagenheit senkte sich auf ihn.

»Sie haben ihn nicht gefunden, nicht wahr?« fragte Losher.

Roberts schüttelte den Kopf.

»Das kommt auch praktisch nie vor«, meinte der Cheftierpfleger. »Sie werden zu sorgfältig geprüft.«

Die Männer machten sich auf den Rückweg. Langsam nahm das Hundegebell hinter ihrem Rücken ab. Roberts fühlte, wie die Muskeln in seinem Gesicht sich verkrampften, als wenn er eine Maske trüge, auf die geöffnete Augen aufgemalt waren.

Er versuchte, sich zusammenzureißen. »Wer prüft denn das?«

»Man prüft die Herkunft der Tiere nach – bevor sie hierherkommen.«

»Und woher kommen sie, Herr Losher?«

»Da müssen Sie Dr. Palacci fragen.«

Die zweite Absage. Sie hatten ihre Antworten alle gut gelernt. Roberts fiel es jedoch schwer, zu glauben, daß soviele Hunde ausgesetzt worden waren. »Bekommen Sie niemals welche mit Hundemarken?«

»Manchmal hat einer ein Halsband um.«

Danach hatte er nicht gefragt. Er wechselte das Thema.

»Bekommen die Tiere denn jemals Bewegung?«

»Nein. Wie sollten wir ihnen wohl in der Stadt einen Auslauf bieten?«

Das ist euer Problem, nicht meins, antwortete Roberts im Geiste und wenn ihr nicht mehr Hunde hättet, als ihr betreuen könnt, dann wäre wohl etwas Platz für Ausläufe zu schaffen.

»Hat dieses Gebäude nicht teilweise ein Flachdach?« fragte er.

»Ja schon, aber da hinauf könnten wir sie doch nicht bringen. Die Patienten in den anderen Gebäuden würden sie sehen und sich darüber aufregen.«

Wie recht du doch hast, das würde sie aufregen. Vielleicht würden die Patienten sich so aufregen, daß sie sogar Fragen stellten. Roberts konnte sie geradezu hören – woher kommen denn, um Gottes willen, die Hunde da auf dem Dach und wozu sind sie da? Die Patienten könnten sogar auf die Idee kommen, etwas dagegen zu unternehmen, genau das, was den Laborleuten nicht gefiele.

»Aber im Durchschnitt bleibt ja kein Hund länger als einige Wochen hier«, sagte Losher. »Wenn sie das täten, würde ihr Gesundheitszustand zu Schwankungen in den Untersuchungsergebnissen führen.«

Schon wieder die Schwankungen, die gehörten wohl in das Gebet eines guten Hundeforschers. Vater unser, der du bist im Himmel, verschone uns heute mit Schwankungen. – Die beiden Männer blieben vor dem Fahrstuhl stehen.

»Wird bei schmerzhaften Experimenten immer eine Narkose gegeben?« fragte Roberts.

Losher drückte auf den Knopf. »Nun –« er räusperte sich – »das ist eine ziemlich umfassende Frage, die man nicht in einem Atemzug beantworten kann. Sehen Sie, bei einigen Experimenten würde das Ergebnis verfälscht, wenn man Betäubungsmittel gäbe.«

»Sagen Sie, Herr Losher – wenn die Frage nicht allzu persönlich ist: wie fühlen *Sie* sich denn, wenn Sie bei einem schmerzhaften Eingriff zusehen, der ohne Betäubung gemacht wird.«

Losher zuckte die Achseln. »Nicht anders als Sie. Warum auch. Ich weiß eben, daß es sein muß.«

O doch, Sie fühlen ganz anders als ich, dachte Roberts. Ich käme gar nicht darauf, dabei mitzumachen. Das Lämpchen zeigte an, daß der Fahrstuhl nach oben kam, aber dann an ihnen vorbeifuhr. »Jemand hat schon vor uns auf den Knopf gedrückt«, sagte Losher. »Wenn es irgend geht, geben sie Betäubungsmittel. Eine Narkose kostet nur ein paar Pfennige.«

»Geben Sie sie nur deshalb?« Roberts fühlte, wie es in ihm zu kochen begann.

»Ich verstehe Sie nicht ganz. Wenn man keine Narkose gibt, erinnert sich das Tier doch und ist beim nächsten Mal schwieriger zu behandeln.«

»Jetzt verstehe *ich* Sie nicht. Wollen Sie sagen, daß mehrere Versuche, die verschiedene Operationen erfordern, am selben Hund gemacht werden können?«

»Natürlich. Sehr oft. Wir können es uns nicht leisten, die Tiere abzutun, bevor sie nicht verbraucht sind.«

»Oh!« Roberts hielt mit Mühe an sich. »Und wie reagieren Hunde, die sich dem dritten oder vierten Eingriff ausgesetzt sehen?«

Losher drückte ungeduldig nochmals auf den Fahrstuhlknopf. »Sie haben ja keine Wahl. Manchmal leisten sie ein bißchen Widerstand, aber meistens kann man sagen, daß sie resignieren.«

Ein unkontrollierter Ausdruck von Abscheu zuckte über Roberts Gesicht. Er bemerkte, das Losher es sah und senkte den Blick. Der Fahrstuhl hielt auf ihrer Etage. »Sie haben zu tun, Herr Losher«, sagte Roberts, »ich komme allein nach unten.«

»Tut mir leid«, antwortete Losher, »das ist gegen die Vorschriften.«

Die automatische Tür öffnete sich und gab den Blick auf Dr. Palacci frei, der allein im Fahrstuhl stand. »Ich fahre gerade nach unten, Will«, sagte er, »Herr Roberts kann mit mir fahren.«

»Nun, vielen Dank.« Mehr brachte Roberts zum Abschied nicht heraus. Der Fahrstuhl schloß sich hinter ihm.

»Haben Sie Ihren Hund gefunden?« fragte Dr. Palacci.

»Nein, leider nicht.«

»Schade. Aber ich sagte Ihnen ja, daß das gar nicht zu erwarten war.« Er seufzte. Ob aus Mitgefühl oder Erleichterung war nicht festzustellen.

»Sagen Sie mir doch mal ganz offen«, begann Dr. Palacci wieder, »– wir interessieren uns immer dafür, wie Besucher reagieren – welchen Eindruck hatten sie von den Tieren? Finden Sie nicht, daß sie sauber sind und gut betreut werden?«

»Sauber sind sie, absolut steril. Aber wenn Sie wirklich hören wollen« – Roberts machte eine Pause und platzte dann heraus: »Ich habe in meinem Leben kaum etwas gesehen, daß mir einen solchen Schock versetzt hat.«

Dr. Palaccis Gesicht drückte Erstaunen aus. »Das überrascht mich«, sagte er. »Und es tut mir leid, denn wir sind sehr stolz auf unsere Anlage.« Sie fuhren schweigend zum Erdgeschoß hinunter und traten in die Eingangshalle.

»Wir müssen alle versuchen, keine Anthropomorphisten zu sein«, sagte Dr. Palacci.

Roberts starrte ihn an. »Was ist denn das?« fragte er.

»Das sind Leute, die Tiere vermenschlichen, die bei ihnen Denkfähigkeit erkennen wollen. Viel von dem, was einige von uns als solche deuten, sind nur natürliche Impulse, die wir Instinkt nennen. Oder eine Folge von Stimulationen und Reaktionen darauf.«

Roberts preßte die Fingernägel fest in seine Handflächen. »Das wäre ein Vorgang, der wörtlich auf mich paßt«, sagte er. »Die Tiere da oben haben bei mir eine Menge stimuliert, und jetzt erleben Sie meine Reaktionen darauf.«

Dr. Palacci lachte. »Ja, und eine ehrliche Reaktion, wie ich höre. Aber Sie können ja auch denken!«

»Nur manchmal. Nur manchmal.« Roberts sah zu Boden.

»Hören sie, Dr. Palacci, ich behaupte nicht, von diesen Dingen etwas zu verstehen, aber wenn Hunde, Kolibris, Aale und Gott weiß wer sonst noch ihren Heimweg über jedes Hindernis hinweg finden können; wenn es immer wieder Tiere gibt, die ihr Leben lassen, um zu versuchen, den Menschen zu schützen, den sie lieben – dann fällt es mir schwer zu glauben, daß das alles Selbsterhaltungstrieb oder Brieftaubeninstinkte sein sollen und daß keines dieser Tiere denken kann. Vielleicht sind wir es, die nicht imstande sind, ihre Fähigkeit zum Denken und Fühlen anzuerkennen.«

»Möglich. Darüber ist schon viel diskutiert worden.«

»Und wenn das alles im Begriff Instinkt zusammengefaßt werden soll, dann frage ich Sie: ist ein starkter Instinkt, den man unterdrückt, nicht etwas viel Schlimmeres als ein unterdrückter Gedanke?«

»Ganz ohne Zweifel.«

»Nun, ich habe oben eine Menge Tiere gesehen, deren Instinkte eindeutig unterdrückt wurden. Außerdem wollten sie alle einfach *raus*!«

»Dagegen können wir leider nichts tun«, sagte Dr. Palacci. »Sie müssen eingesperrt bleiben. Wir versuchen ja, es ihnen möglichst bequem zu machen.«

So bequem, dachte Roberts, als wenn unsereins in einer Telephonzelle mit einer Packung Vitamintabletten und ohne Geld eingesperrt wäre, also niemanden zu Hilfe rufen könnte. Laut sagte er: »Ich bin einfach nicht davon überzeugt, daß unsere menschlichen Instinkte so gut entwickelt sind, daß ausgerechnet wir über tierische urteilen können.«

»Mag sein«, antwortete Dr. Palacci lächelnd, »aber nun tut es mir leid, ich habe keine Zeit mehr, diese Gedanken mit Ihnen zu diskutieren. Die Pflicht ruft.«

Roberts gab das Lächeln zurück. »Ich habe auch gar keine Gedanken anzubieten«, sagte er, »nur Gefühle.«

Draußen im Sonnenschein blieb er einen Augenblick stehen, um sich eine Zigarette anzuzünden. Während er einen Blick zurück auf das von Efeu umrankte Ziegelgebäude warf,

– das so solide, friedlich und unschuldig aussah – krampfte sich sein Herz zusammen. Wie konnte die Erde zwei Sorten intelligenter, gebildeter, angesehener und aufrichtiger Menschen mit einer so diametral entgegengesetzten Einstellung zum Begriff »unmenschlich« beherbergen? Wer hatte noch gesagt: ›Auf der ganzen Erde gibt es ein Thema, über das alle gesunden Menschen einer Meinung sind: Grausamkeit gegenüber Kindern ist verabscheuungswürdig.‹ Wie konnten die Menschen über die Verabscheuungswürdigkeit von Kinderquälerei so einmütig urteilen und, wenn es um Tierquälerei ging, so völlig entgegengesetzer Meinung sein?

Während Roberts seine Zigarette anzündete, fiel sein Blick noch einmal auf das Schild: Tierpflege-Bau. Pflege! dachte er. Pflege beinhaltet doch Beachtung und Freundlichkeit, Sorge für denjenigen, der einem anvertraut wurde. Und was bedeutet hier ›Pflege‹? Man sorgte sich nur um das Ergebnis des Experiments und dessen Voraussetzung Hygiene und mögliche Fehlerquellen. Wenn sie es Laboratorium für Tierversuche genannt hätten, dann wäre das ehrlich gewesen. Obgleich ihm der Name Tierfolterkammern passender erschien. Aber die Bezeichnung Tierpflege-Bau war schlechthin Heuchelei und außerdem durchaus mit Vorbedacht gewählt. War dies ein Beispiel für *ihre* Auffassung von ›gutem Glauben‹?

Roberts strebte zu seinem Wagen zurück, in Gedanken versunken. Seine Unterhaltung mit Dr. Palacci war natürlich völlig umsonst gewesen. Als wenn zwei Menschen einander den Rücken kehrten und sich über den Abgrund hinweg etwas zuflüsterten – über einen Abgrund voller Leichen.

Während Roberts nach Hartsdale zurückfuhr, konnte der arglose Mann von durchschnittlicher Intelligenz unmöglich ahnen, daß im vierten Stock des Hosanna Tierlaboratoriums im ersten Raum, den er betreten hatte, Bruce noch immer in seinem Käfig stand und wartete – auf seine Rückkehr wartete.

Am selben Morgen nämlich waren Bruce und fünf andere für Langzeitexperimente bestimmte Hunde mit einem Laster von »der Farm« herübergebracht worden, damit sie ihrer zweimal im Monat fälligen Generaluntersuchung unterzogen werden konnten. Noch bevor der Tag zuende ging, würden sie zur Farm zurücktransportiert werden.

Wenn jemand sich die Mühe gemacht hätte, das Benehmen des Hundes zu beobachten, würde er bestimmt festgestellt haben, daß Bruce etwa ab zwei Uhr nachmittags Zeichen des Unbehagens und der Unruhe zeigte. Die Veränderung in seinem Verhalten begann in dem Augenblick, in dem Roberts das Gebäude betrat, also vier Stockwerke unter ihm. Lange bevor die Tür vom Gang zum sogenannten ›Schlafsaal‹ sich öffnete, stand Bruce aufrecht da und hielt sie angespannt im Auge, wobei er die Schnauze gegen das Drahtgitter seines Käfigs preßte.

Und als das Tier endlich roch, sah und begriff, wer da die Schwelle übertrat, kannte seine Erregung keine Grenzen. Er drehte sich in engen Kreisen um sich selbst, seine Augen leuchteten und sein geschorener Schwanz flog hin und her. Als er sich auf die Hinterbeine stellen wollte, schlug sein Kopf gegen die metallene Käfigdecke. Mit aller Kraft versuchte er, nach Roberts zu tatzen, ihn zu berühren, ihn festzuhalten, und sein fieberhaftes ruckweises Krächzen gesellte sich zum Gebell der anderen Hunde.

Roberts ging langsam hinter Losher her den Gang entlang. Aber selbst als er Bruce ins Gesicht schaute, erkannte er ihn nicht, so sehr hatte sich das Tier verändert. Man mußte es schon riechen, mit »niedrigem Instinkt« erspüren können, daß dies das geliebte Tier war, nach dem Roberts mit soviel Eifer und ehrlicher Sorge suchte. Das Tier dagegen zweifelte keinen Augenblick, konnte seine Freude kaum bändigen. Jetzt – jetzt mußte seine Rettung nah sein. Winselnd und krächzend preßte er seine abrasierte Flanke gegen die Käfigtür. Mit jedem Atemzug, mit jeder Drehung um sich selbst schrie Bruce es heraus: sieh doch, ich bin's! Ich bin Bruce. Laß' mich 'raus, nimm mich mit nach Hause, bitte!

Doch als er sah, daß Roberts an ihm vorbeiging, weiter

zum Ende der Käfigreihe, daß er dann um die Ecke verschwand, um den nächsten Gang abzugehen, war er völlig gelähmt und vernichtet. Er verstand nichts mehr. Hin- und hergerissen zwischen Unsicherheit und Zuversicht stand er da, hechelte und krächzte, und sein Schwanz schlug hin und her wie der eines aufziehbaren Spielzeugs, dessen Feder langsam abläuft. Minuten später, als er sah, wie sich die Tür hinter Roberts Rücken schloß, ohne daß er ein Zeichen des Wiedererkennens von sich gegeben hatte, spürte er, daß er nicht nur zurückgestoßen worden war, sondern endgültig verlassen.

Lange nachdem die anderen Hunde wieder in trostloses Schweigen gefallen waren, fuhr Bruce fort, auf Roberts Schritte zu lauschen, wartete er darauf, daß Roberts seine Meinung ändern, zurückkommen und ihn mitnehmen würde, ihn Bruce, der die Roberts auch jetzt noch von ganzem Herzen liebte.

Nun ja, er war ›nur‹ ein Hund, er konnte es nicht begreifen. Er konnte nicht wissen, daß Roberts ihn trotz der überlegenen Intelligenz der Menschen einfach nicht wiedererkannt hatte.

Und er wußte auch nicht, daß die Menschen ihren Verstand, der sie zu großer Einsicht befähigen sollte, mit dem Verlust von dem bezahlen mußten, was man bei Hunden die »Beißhemmung« nennt – die Unfähigkeit, Wehrlose zu quälen.

Elftes Kapitel

Im nun folgenden Jahr versuchte Jack Roberts einige Male, auch andere Tierlaboratorien zu besuchen und machte bald die Erfahrung, daß seine Aufnahme in den Hosanna Laboratorien, verglichen mit der in anderen Instituten, zuvorkommend gewesen war. Die Verantwortlichen schienen den Paragraphen im Mitteilungsblatt der Regierung, der sich mit dem Empfang von Publikum beschäftigt, entweder nicht gelesen oder nicht verdaut zu haben.

Roberts trat dem örtlichen Tierschutzverein bei und machte auch dort einige entmutigende Erfahrungen. Zum Beispiel, daß die internen Zankereien, der Wunsch, sich zu profilieren und die Gehälter der Mitarbeiter für diese offenbar von weit größerer Wichtigkeit waren als das Wohlergehen der Tiere – ob nun in Laboratorien, Zwingern oder Tiersammelstellen. Traurig war auch die Tatsache, daß er riskierte, abgewiesen zu werden, wenn er einem Laboratorium gegenüber zugab, einer Tierschutzvereinigung anzugehören. Leute vom Tierschutz wurden als Schnüffler, Unruhestifter, Stolpersteine und als gefühlsduselig angesehen. Vor Regierungsbeamten dagegen mußten die Türen der Tierversuchsinstitute sich öffnen, aber die Besuche dieser Überwacher waren selten und fanden nur in großen Abständen statt. Und bis zu einem gewissen Grade konnte man sich auf solche Besuche natürlich auch vorbereiten, denn die Kontrollbeamten erschienen selten unangemeldet. Außerdem gab es nur sechs von ihnen für Hunde im ganzen Staat, die ein Gebiet von mehreren tausend Quadratkilometern bereisen mußten. Selbst wenn diese Kontrolleure also engagiert und tatkräftig waren, sie konnten einfach nicht jeden Winkel und jeden Spalt untersuchen oder häufigere Fahrten zu demselben Institut machen. Und das staatliche Büro, dem sie ihre Berichte zuschickten, erstickte sowieso schon in privaten Beschwerden, die gegen alles vorgebracht wurden, ob es nun das Gebell des Hundes vom Nachbarn war oder die Störung von Wild. Auch kam es nicht selten vor, daß die Empfehlungen von Kontrollbeamten abgelegt wurden und in Stahlschränken auf Nimmerwiedersehen verschwanden. Die Behörde war unterbesetzt, und es lähmte jede Initiative, daß einige der Tierschutzgesetze – die einzigen Waffen, die die Beamten besaßen – sich als absolut unzureichend erwiesen. Einem Mann, der auf der Straße sein Pferd schlug – ein selten gewordener Anblick – konnte man eine Buße auferlegen, doch eine Gruppe von Menschen, die tausend Tiere in einem Labor quälten, entschlüpfte dem Gesetz. Es gab nur wenige Gesetze, die diese Art von Grausamkeiten verhindern konnten. Was in den Laboratorien geschah, unterlag der Entscheidung und den Neigungen der Forscher und ihrer Assistenten. Kein Wunder also, daß die Öffentlichkeit nicht willkommen war. Je weniger Zeugen desto besser.

Seit langem hatten sich die Forscher im übrigen zusammengeschlossen und protestierten gegen Gesetzesvorlagen, die auf Bundesebene oder von den einzelnen Staaten eingereicht wurden. In Zeitschriften und Zeitungsartikeln verkündeten sie ihre menschliche Einstellung, ihre hohen Prinzipien, und wiesen das Publikum, ein Publikum, das immer gern nur das beste glauben möchte, auf die Fortschritte hin, die die Wissenschaft durch Tierversuche angeblich gemacht hat. Und wie, wenn es noch mehr gesetzliche Regelungen gäbe, ihre Forschung behindert würde.

Wie hoch also war der Preis der Schmerzen? Und überhaupt, Roberts machte die Erfahrung, daß es Forscher gab, die nicht daran glaubten, daß Hunde und Katzen Schmerzen empfinden könnten.

Die Produktion von Apparaten, mit denen Tiere in jeder Form von Zwang gehalten werden konnten, und die von Lebewesen, die diesem Zwang ausgesetzt wurden, war ein großes Geschäft geworden. Zuchtfarmen schossen überall im Land aus dem Boden, die besondere ›Rassen‹ lieferten, »gesunde« Ratten, Kaninchen, Affen, Meerschweinchen, weiße Mäuse und die unglücklichen Beagles, ein Hundetyp, der den

Forschern wegen seiner Größe, seines weichen Fells und seiner Sanftmut besonders gefiel.

Roberts blieb während seiner Beschäftigung mit dem traurigen Thema bei seiner ursprünglichen Überzeugung, daß selbst wenn es wissenschaftlich zu rechtfertigen wäre, einige wenige Tierversuche durchzuführen, die schwindelerregenden Massen von verbrauchten Tieren, das Fehlen jeglichen Mitleids und die grausame Gefangenhaltung durchaus unerträglich und verwerflich waren; vor allem aber die vielen Fälle von Mißhandlung und Mißbrauch, über die es eine Unzahl von Berichten gab, die die Forscher selbst abgefaßt hatten.

Er sprach mit vielen Leuten über das Thema und stellte fest, daß die meisten keine Ahnung hatten von dem, was wirklich vorging. Von diesen waren einige empört darüber, daß die Integrität des Medizinerberufes in Frage gestellt wurde. Andere deuteten durch ihr Schweigen und ihre Mienen an, daß Roberts Alpträume nach ihrer Meinung auf Einbildung beruhten, und wieder andere glaubten fest daran, daß die Tierschutzorganisationen das Problem schon in den Griff bekommen würden. Leider wußten die wenigsten, daß gerade die Mitglieder von Schutzorganisationen am häufigsten ausgeschlossen wurden.

Wer blieb also übrig, um die Wehrlosen zu verteidigen? Gerade die Forscher und ihr Nachwuchs hätten die beste Ausbildung besessen und befanden sich überdies am Ort des Geschehens, um das Leiden der Tiere zu lindern; sie begriffen was vorging, sie konnten es am besten beurteilen. Aber, mußte Roberts sich fragen, wer säße vor Gericht auf der Anklagebank? Der Henker oder die Zeugen? Wenn man nur unter diesen beiden zu wählen hätte, wäre der Henker dann wirklich der einzige Schuldige?

Roberts ging in die Bibliothek von Hartsdale und suchte sich alle Bücher heraus, die er über das Thema finden konnte. Es besserte seine Laune ein wenig, Folgendes von Dr. Robert Gesell, dem Vorsitzenden der Abteilung für Physiologie an der Universität Michigan zu lesen: »Die Staatliche Gesellschaft für Medizinische Forschung belegt jeden Anschein von Mitgefühl mit dem Stigma des Antivivisektionismus: Die Gegner der Tierversuche sind für sie ein nützliches Schreckgespenst, das sie dem Publikum entgegenhalten können. Das ist für sie der einzige Weg, sich den Zugang zu unbegrenzten und unkontrollierten Experimenten zu sichern. Die S.G.M.F. verfolgt seit ihrer Gründung nur einen Gedanken, nämlich einen unerschöpflichen Vorrat an Tieren für eine ständig wachsende Zahl von Karrierewissenschaftlern bereitzustellen, die nur eine unzureichende biologische Ausbildung genossen und spärliches Interesse an der Zukunft des Menschen haben.«

»Mit der Hilfe des Heiligenscheins, den der Glaube des amerikanischen Volkes der medizinischen Wissenschaft verliehen hat, verwandelt die S.G.M.F. Zufluchten des Mitleids in Tiersammelstellen, deren Insassen den Tierversuchs-Laboratorien auf Abruf zur Verfügung stehen, ganz gleich, was dann mit den Tieren geschieht und auf welche Weise sie benutzt werden.«

»Wie wird damit doch jede Menschlichkeit entstellt. Dies könnte sich als der schwärzeste Fleck auf der Geschichte der medizinischen Wissenschaft erweisen.«

Mit großem Interesse las Roberts auch ein Pamphlet von Charles W. Hume, dem ehemaligen Sekretär der Britischen Gilde der Wissenschaft, in dem er schrieb:»Gibt es eigentlich einen Grund dafür, warum es weniger anstößig sein sollte, einem Tier wehzutun als einem Menschen? Ich würde sagen: bestimmt nicht. Tut man es mit der Begründung, daß Tiere kein Leben nach dem Tode haben? Wenn das wahr sein sollte, dann gäbe es umso mehr Anlaß, ihr einziges Leben glücklich zu gestalten. Handelt man so, weil Tiere weniger intelligent als menschliche Wesen sind? In diesem Fall müßte es eher erlaubt sein, Kindern als Erwachsenen wehzutun. Handelt man so, weil die menschliche Persönlichkeit wertvoller ist als die des Tieres? Ihr Wert hat mit dem Zufügen von Schmerzen nichts zu tun. Ich kenne keinen Grund außer

Vorurteilen, der dafür spricht, daß lieber einem Tier als einem menschlichen Wesen Schmerzen zugefügt werden sollten.«

Doch von allen Stellungnahmen, die Roberts las, machte ihm die von Dr. Albert Schweitzer am meisten Eindruck: »Keiner von uns darf ein Weh, für das die Verantwortung nicht zu tragen ist, geschehen lassen, soweit er es verhindern kann. Keiner darf sich dabei beruhigen, daß er sich damit in Sachen mischen würde, die ihn nichts angehen. Keiner darf die Augen schließen und das Leiden, dessen Anblick er sich erspart, als nicht geschehen ansehen. Keiner mache sich die Last seiner Verantwortung leicht.«

Jack Roberts begann, ein Notizbuch zu führen, über das was er sah, las oder hörte, und trug dort zuerst diese kurzen Manifeste und Erklärungen ein. An freien Abenden oder am Sonntag Nachmittag, wenn er keine Familienpflichten hatte, fuhr er aufs Land, besuchte Tiersammelstellen und beobachtete dort Zustände, die man akzeptierte oder nicht kontrollierte, die ihn mit Abscheu erfüllten. Er sah Hunde, die das behütete Leben eines Haustiers gewohnt gewesen waren, eingepfercht in vergitterten Kaninchenställen, wo man sie in der Sonne braten oder im Winter fast erfrieren ließ, bevor sie abgetan oder an ein Laboratorium verkauft wurden. Er sah die Lastwagen der Organisation »Humane Zuflucht«, die mit öffentlichen Spenden bezahlt worden waren, in denen Katzen mit voller Absicht umgebracht wurden, bevor die Wagen den angeblichen Zufluchtsort überhaupt erreichten. Und er begegnete einigen von den vielen Leuten, die bei der »Zuflucht« nach ihren verloren gegangenen Katzen suchten und die natürlich keine Ahnung hatten, was mit ihnen geschehen war. Er sah Hunde, die im Freien angebunden, ohne Schatten und ohne Wasser, stundenlang ohne Betreuung blieben, während der »Hundefänger«, der mit Steuergeldern bezahlt wurde und für ihren Zustand verantwortlich war, anderswo seinen persönlichen Interessen nachging.

Er sah auch die in den Boden eingegrabenen Ölfässer, in die ihre verschmutzten, knochigen Leichen geworfen wurden. Die toten Tiere waren so abgemagert, weil viele Gemeinden vom amtlichen Hundefänger erwarteten, daß er das Futter für sie aus Geldsammlungen bezahlte – ein rührende Hypothese, die natürlich ständig mißbraucht wurde. Er las vom Strychnin, das gewisse Hundefänger benutzten, um den Tieren einen grauenhaften Tod zu bereiten. Und er sah die Boxen, die andere Hundefänger verwendeten, um Tiere zu vernichten. Sie wurden mit Schläuchen an den Auspuff eines Autos angeschlossen, worauf die Tiere in Terror und Qualen mit verbrennenden Lungen mit dem Ersticken rangen, bevor der Tod sie endlich erlöste.

Wo war der barmherzige Tod, den die Tierschutzgesetze des Staates vorschrieben? Wo waren die Spritzen, von denen die Öffentlichkeit annahm, daß sie gegeben würden? Nirgends. Und was tat die schuldige Öffentlichkeit? Auch sie griff nicht ein, denn leider wohnten alle einen Häuserblock oder eine Meile weit weg vom Geschehen, hielten sich Augen und Ohren zu und sagten:»Das geht mich nichts an.«

Jack Roberts beschloß, die Untersuchung dieser Zustände zu seiner Aufgabe zu machen. Er fuhr herum und befragte Leute, er beobachtete. Und wenn er sich auf die eine Weise keinen Zugang verschaffen konnte, versuchte er es auf die andere. Er stellte fest, daß es mehr als eine Methode gab, einer Katze das Fell abzuziehen, und daß es tatsächlich Laboratorien gab, in denen Katzen gehäutet wurden und zwar lebendig. Alles natürlich im Dienste der Wissenschaft. Und die gesamte Wissenschaft arbeitete im Interesse der Menschen, als Kollektiv oder Individuum.

Etwa achtzig Meilen (130 km) südlich von Hartsdale lag die Stadt Buxton. Dort gab es zwei Krankenhäuser. An eines dieser Krankenhäuser war eine Lehruniversität für Medizinstudenten angeschlossen, und zu ihr gehörte natürlich ein Laboratorium für Tierversuche. Es beherbergte nicht soviele Tiere, wie sich der Dekan der Lehruniversität gewünscht hätte; immerhin vom Standpunkt der Tiere aus waren es genug. Da man Roberts den Zugang zu mehr als einem der Labors verweigert hatte, beschloß er, das Risiko der Abweisung in diesem Fall zu umgehen. Er fand einen Weg, wie er sich ohne Erlaubnis Eintritt verschaffen könnte. Und kaufte sich einen Laborkittel.

Früh an einem Novembermorgen schlenderte er in seinem neuen gestärkten weißen Kittel in die Eingangshalle des Instituts für Biochemie und mischte sich unter eine Gruppe ähnlich gekleideter, dort versammelter Studenten, ein Buch über Hundekrankheiten unter dem Arm, das er in der Bibliothek von Hartsdale ausgeliehen hatte. Obwohl er sich fürchtete, wegen seines zu hohen Alters und seiner kümmerlichen medizinischen Kenntnisse aufzufallen, stellte niemand Fragen. Seine Verkleidung war perfekt.

Als die Uhr in der Eingangshalle fast halb neun zeigte, begann die Gruppe sich zu teilen. Sicherheitshalber folgte Roberts der Mehrheit. Die führte ihn eine Marmortreppe hinauf und einen breiten Gang hinab zu einem Vorlesungssaal, wo er sich in die letzte Reihe setzte. Während der nun folgenden Stunde lauschte er einem Vortrag über die Geschichte des Insulin. Der schien zu einer Reihe von Vorträgen zu gehören. Der gegenwärtige behandelte die Entwicklung in den Zwanzigerjahren. Unverständliche Fachausdrücke wie Dezerebration, reziproke Innervation, endogene Produktion, Pankreatektomie, die Langerhans'schen Inseln undsoweiter polterten durch seinen Kopf. Ab und zu hob sich der Schleier der Fachausdrücke, und er konnte den Faden des Vortrags ein paar Minuten lang packen.

Seine Studiengenossen senkten die Köpfe und machten Notizen, also holte auch er Papier und Bleistift aus der Tasche und schrieb das Folgende mit vielen Auslassungen nieder:

Krämpfe, hervorgerufen durch Insulininjektionen bei Kaninchen, Katzen, Hunden; wenn bei Katzen: auf der Seite liegend – Kopf zurückgeworfen – lautes Miauen – rasche Atmung – Speichelfluß – Vorderbeine steif. Bei Kaninchen: werfen sich hin und her – Köpfe zurückgebogen, Hinterbeine steif ausgestreckt – Krämpfe bis zum Tod. Bei Hunden: rasche Atmung – Muskelzuckungen – Bellen und Schaum vorm Maul. Es ist leichter bei verhungerten als bei gutgenährten Tieren, den Blutzucker auf das Niveau zu senken, bei dem es zu Krämpfen kommt wegen Glykogenmangel in der Leber. Bei depankreatisierten Hunden, die seit Monaten mit Insulin leben und mit magerem Fleisch und Rohrzucker gefüttert werden, scheinen viele nach Wochen bei guter Gesundheit zu sein, entwickeln dann, bevor sie sterben, Haarausfall, schuppige Haut und katarrhische Bindehautentzündung.

Am Ende der Vorlesung war sich Roberts darüber im Klaren, daß ihr grundsätzliches Ziel ihn verfehlt hatte. Die Brocken, die er aufschnappen konnte, betrafen die Randerscheinungen des Themas, die womöglich das Gegenteil der Absichten des Professors provoziert hatten. Aber war es nicht Dr. William Held, der weltberühmte Arzt aus Chicago, der geschrieben hatte: »Nichts ist dabei herausgekommen, daß man Hunde in Diabetes-Versuchen verwendete. Die Krankheit, die man künstlich in Hunden erzeugt, ist nicht dieselbe Diabetes wie sie der Mensch als Folge einer komplexen Störung der Drüsen bekommt.«

Als die Studentengruppe auf den Gang hinausströmte, schloß sich Roberts einer anderen Gruppe an, die gerade vorbeiging. Als letzter folgte er ihr zwei Treppen hinunter in den Keller. Hier wurden in einem Labyrinth von Räumen einige Tiere gehalten, und Roberts beglückwünschte sich, daß er die Gelegenheit haben würde, sie zu sehen.

Als er endlich das Ziel der Gruppe erreichte, war der kleine Raum schon überfüllt und alles, was er von der Schwelle aus sehen konnte, waren Reihen von Plexiglas-Boxen. Zwischen den Köpfen und Schultern der vor ihm Stehenden konnte er die Umrisse einer weißen Ratte ausmachen, deren Körper eng von einem Plexiglasrahmen umschlossen wurde. Am vorderen Ende des Gehäuses befand sich ein Loch, aus dem ihr Kopf herausschaute, am hinteren Ende zwei Öffnungen, eine für den Schwanz und eine für das rechte Hinterbein.

Der Forscher, der nicht zu sehen war, weil er weit hinten im Raum hinter einigen Käfigen stand, hatte schon angefangen zu sprechen. Dann und wann konnte Roberts Teile seiner Rede verstehen.

»... um von Nerven befreite, gestreckte Muskeln zu vergleichen ... das freie Bein wird befestigt mit ... zu einer Achse von ... vierzig Umdrehungen in der Minute ... streckt und lockert die Spannung ... Achillessehne ... eine kontinuierliche produktive Behandlung ... eine festgesetzte Menge für zehn Tage ... aussondern ... ersetzen ... wenn Ödem ... Seidenleiter ...«

Roberts wandte sich ab, es war zu schwierig, dem Vortrag zu folgen. Was war eine ›produktive Behandlung‹ – wohl kaum die richtige Wortwahl. Und immer wieder diese Doppelzüngigkeit. Er schaute den Gang hinunter. Er war leer, niemand beachtete ihn. Im Rattenraum standen die dichtgedrängten Zuhörer mit dem Rücken zu ihm. Heimlich schlüpfte er um die Ecke und die wenigen Meter zum Nachbarlabor. Durch das gewohnte Türfensterchen konnte er Regale sehen, auf denen einige Dutzend kleiner Vogelkäfige standen, darin Federn und Formen, die Tauben ähnelten. Er beobachtete sie einige Minuten durch die Gitterstäbe, bis er begriff, warum sie so seltsam aussahen. Die Brust der Tauben wölbte sich unnatürlich vor, weil ihre Flügel nach oben gezogen, zurückgelegt und unbeweglich zusammengeklammert worden waren mit einem Material, das wie Gipsmörtel aussah. Es war ein trostloser Anblick. So trostlos wie wenn die Flügel von Seevögeln mit ausgelaufenem Öl verklebt sind. Nur, überlegte er, tat das ja niemand absichtlich.

Während er dastand, in Mitleid versunken, hörte er hinter sich das Geräusch von Schritten. Er schlenderte daher auf die andere Seite des Ganges und schaute durch ein anderes Guckloch in der Tür in ein kleines Labor. Ein zerfetzter Rolladen war vor dem einzigen Fenster heruntergezogen. Grelles Licht fiel von der Decke. Im Raum befanden sich zwei Männer und ein Hund – ein Dalmatiner. Der Hund hechelte im Zickzack durch den Raum und versuchte, sich zwischen den Beinen des Tisches in der Mitte zu verstecken. Dann warf er sich, auf den Hinterbeinen stehend, gegen die Wand, eindeutig in dem Versuch, zu entkommen. Doch einen Augenblick später hatten die Männer das Tier eingekreist. Einer von ihnen ergriff es, trug es zum Tisch und drückte es in sitzende Stellung auf die glatte Metalloberfläche. Während er das tat, hob der Hund die Pfoten, legte sie um den Hals des Mannes und versuchte, ihm das Gesicht zu lecken. Wenn Roberts je etwas Erbarmungswürdiges gesehen hatte, dann dies. Gelähmt von Entsetzen sah er zu, wie die beiden Männer die Pfoten des Hundes ablösten, das Lebewesen platt auf den Bauch niederdrückten und alle vier Beine ausbreiteten. In dieser Stellung tiefsten Elends banden sie das hilflose Geschöpf mit Riemen am Tisch fest.

Roberts brach der Schweiß aus, und er zog sich einen Augenblick von dem Guckloch zurück aus Angst, die Männer könnten vielleicht den Blick heben und ihn sehen. Aber sie waren viel zu beschäftigt, um sich um etwaige Zeugen zu kümmern.

Das nun mit gespreizten Beinen gefesselte Tier lag mit dem Unterkiefer auf einer quadratischen Stahlplatte; jetzt wurde ein Aluminiumreifen über seinen Hinterkopf gelegt und an der Platte angeschlossen. Als nächstes zwang einer der Männer die Kiefer des Hundes auseinander und steckte einen zwanzig Zentimeter langen Metallstab quer zwischen die Backenzähne, den er an die Seiten des Aluminiumrings anschloß. Dann schraubten die Männer von beiden Seiten des Tisches den Kopf des Tieres zwischen dem Aluminiumreif und der Platte mit vier langen Schrauben fest, die durch Löcher mit dem Reif verbunden waren. Der Hund war nun völlig unbeweglich aber bei vollem Bewußtsein, wie Roberts an der Todesangst in seinen Augen und am Zucken seines Schwanzes sehen konnte. Jetzt wurde der Tisch zurechtgerückt, so daß die Stirn des Tieres sich direkt unter einem kurzen Rohrstück befand, das senkrecht von der Decke herunterhing.

Wozu mochte diese Vorrichtung dienen? In Roberts Phantasie spukten schreckliche Vorstellungen. Dabei schaute er immer wieder über die Schulter, weil er fürchtete, daß man ihn jeden Augenblick bemerken und vertreiben würde. Ebenso sehr fürchtete er sich aber davor, noch mehr sehen zu müssen. Im Rattenlabor um die Ecke war der Vortrag noch immer im Gange. Roberts konnte das Murmeln des Arztes hören und ab und zu Husten und Räuspern der Studenten. Weiter zur anderen Seite des Ganges, auf dem er sich befand, nahm ein Wärter etwas, das wie Kohl- oder Salatköpfe aussah, von einem Rollwagen und trug sie in das Kaninchenlabor. Würde der Mann ihn bemerken und sich überlegen, ob er ein Unbefugter war?

Als Roberts wieder durch das Fenster schaute, hinter dem sich der Dalmatiner befand, war ein Apparat, etwas wie ein Tonbandgerät neben den Tisch gerollt worden, und ein Draht oder ein Schlauch wurde mit irgendeiner Vorrichtung an eines der Hinterbeine des Hundes angeschlossen. Die Vorbereitungen schienen ewig zu dauern. Roberts tat jeder Muskel im Leib weh aus Mitleid mit dem Geschöpf, das da in seiner gräßlich unnatürlichen Stellung auf dem Tisch angenagelt war. Man sah das Weiße in seinen Augen, und unter seinem schwarz und weiß gescheckten Fell hämmerte sein Herz gegen die Rippen.

Wie lange sollte es denn noch dauern? Der Tierwärter hatte seinen Rollwagen schon zweimal leer weggefahren und kam Roberts immer näher. Eine Tür in der Nähe öffnete sich. Zwei Frauen, vielleicht technisches Personal, kamen, sich lebhaft unterhaltend, näher. Roberts stand aufmerksam und unbeweglich da und drehte ihnen den Rücken zu. Sie nahmen jedoch keine Notiz von ihm, und ihre Stimmen und das Klappern ihrer Absätze verschwanden um die Ecke und verstummten schließlich auf einer entfernten Treppe.

Endlich schienen die Vorbereitungen in dem Versuchsraum beendet zu sein. Und was kam nun? Die Apparate und die Position des Tisches wurden noch einmal überprüft, danach mehrmals alle Drähte, Schläuche und Befestigungen. Nur dem Opfer schenkte man keine Aufmerksamkeit. Es war lebendig und bei vollem Bewußtsein – und nur das zählte. Roberts hörte Geräusche, die darauf schließen ließen, daß die Gruppe im Rattenlabor sich im Aufbruch befand. Aber es war wie im Fieber, er mußte die Szene vor sich bis zu Ende anschauen, das Ende, das er herbeiwünschte. Inzwischen standen die Männer bewegungslos da, den Blick gebannt auf die Apparate geheftet. Die Hand des einen lag auf einem Seil, das man über einen Flaschenzug oberhalb der Röhre gezogen hatte. Lautes Stimmengewirr erhob sich im Rattenlabor. Und nun wurde hinter der Tür ein Signal gegeben. Die Hand gab das Seil frei, und ein Gewicht schoß durch die Röhre. Es landete auf dem ungeschützen Kopf des Hundes. Das Geschöpf stieß einen Schrei aus. Dann war alles still.

»Mein Gott, was machen sie denn da?« flüsterte jemand an Roberts Seite. Erschrocken drehte Roberts sich um. Ein junger Mann im Laborkittel stand neben ihm. Die Augen quollen ihm aus dem Kopf, sein Gesicht war voller unregelmäßiger weißer Flecke. Roberts starrte ihn an und brachte kein Wort heraus. Die Studenten strömten aus dem Rattenlabor auf den Gang hinaus.

»Wissen Sie, was sie da machen?« fragte der junge Mann noch einmal, ohne den Blick von dem Blutgerinnsel zu wenden, das Tropfen für Tropfen aus den Nasenlöchern des Hundes auf die Metallplatte sickerte.

Roberts schüttelte den Kopf. »Fragen Sie sie doch«, murmelte er. Das Gewicht war vom eingeschlagenen Schädel des Hundes heruntergerollt und lag auf dem Boden. Rasch bewegte Roberts sich von der Tür weg und versuchte, im Gedränge unterzutauchen.

Der grauhaarige Professor trat als letzter auf den Gang, die Hände in den Taschen seines Mantels und mit rotem Gesicht von der Hitze in dem überfüllten Raum. »Bitte Herr Professor –«, der junge Mann räusperte sich verlegen und trat auf ihn zu. »Würden Sie mir bitte sagen, was das für ein Experiment ist, was in dem Raum um die Ecke durchgeführt wird?« – er wies mit der Hand hinter sich.

Der Professor näherte sich, schaute durch das Guckloch und meinte dann: »Es dürfte sich um Versuche über Blutdruck und Gehirnerschütterungen handeln. Aber ich bin nicht sicher, das ist nicht mein Gebiet. Für diese Dissertation sammelt Blatchley Material.«

»Was machen sie nun mit dem Hund?« fragte der junge Mann.

»Machen?« Der Professor hob die Augenbrauen und schaute den jungen Mann aufmerksam an. »Ihn abtun vermutlich.« Dann wandte er sich um und ging zum Rattenlabor zurück. Der Rest der Studentengruppe schlenderte durch den Gang auf die Treppe zu.

»Wir hatten mal einen Dalmatiner«, sagte der junge Mann zu Roberts. Roberts antwortete nicht. Da hat noch jemand mal einen Dalmatiner gehabt, dachte er.

Der junge Mann fuhr sich mit den Fingern durch das Haar. »Haben Sie es bemerkt? Haben Sie es gesehen, der Hund ist noch nicht tot!«

Jetzt konnte es Roberts nicht mehr ertragen. »Wenn Sie noch ein bißchen Geduld haben«, stieß er heftig heraus, »werden Sie zusehen können, wie sie das Gewicht noch mal fallen lassen.« Die Tatsache, daß der Hund immer noch atmete, daß er immer noch am Tisch festgebunden war, erfüllte ihn mit einer solchen Bitterkeit, solchem Abscheu und Widerwillen, daß er nur noch einen Gedanken hatte: die Flucht, sonst würde er allen Leuten ins Gesicht schlagen.

Während er im Kielwasser der Studenten die Treppe wieder hinauftaumelte, schossen die Erinnerungsbilder an das arme Geschöpf durch seinen Kopf – wie es um Mitleid gefleht und wie es den hohen Schmerzensschrei ausgestoßen hatte, als das Gewicht es traf. Wie konnte irgendjemand fähig sein, so etwas zu tun? Es war obszön und unfaßlich.

Mit gallebitterem Geschmack im Mund stürzte er die Eingangstreppe zur Straße hinunter. Es war noch nicht zwölf

Uhr, und der kühle Novemberhimmel voller Wolken. Dennoch war Roberts Hemd zum Auswringen naß. Schwer atmend schlich er an der Ligustenhecke entlang, die das Gebäude für Biochemie säumte. Und plötzlich packte es ihn. Er würgte seinen Schock, seine Wut und seine beschämende Machtlosigkeit mit dem Frühstück heraus, spuckte sie auf seinen neuen weißen Kittel und in eine Ecke der Hecke.

Das werde ich niemals vergessen, schwor er sich, niemals! Und ich werde kämpfen. Ich werde schreiben. Ich werde es von den Dächern schreien, bis alle die Wahrheit kennen und diese Abscheulichkeiten unter einer Lawine der Empörung begraben.

Zwölftes Kapitel

Mary kämpfte schon sein langem mit Mitleid für Vicky, zumal ihr klar wurde, daß das Kind immer noch unter dem Verlust von Bruce litt. Wenn sie alle zwei Wochen auf der Fernstraße nach Sharpsburg fuhren, wo Vicky Musikunterricht erhielt, mußte Mary zusehen, wie das Kind sich zur Seite wandte und seine Augen die Hinterhöfe und Seitenstraßen der Dörfer, durch die sie fuhren, nach einer bestimmten verlorenen Gestalt absuchten.

Daher reifte in Mary ein Entschluß, und eines feuchten Märznachmittags lenkte sie den Wagen die einsame Sackgasse hinauf, die zur »Farm« führte.

Roberts hatte schon mehr als einmal versucht, in die »Farm« einzudringen, die man ihm vor über drei Jahren als den Ort bezeichnet hatte, an dem das Hosanna Krankenhaus seine Langzeit-Hunde unterbrachte. Doch hatte man ihm jedesmal den Zutritt verweigert. Dr. Strauss ist beschäftigt – Dr. Strauss ist abwesend – Dr. Strauss kann Sie nur mit Genehmigung höherer Stellen zulassen – Dr. Strauss war alles und jedes nur nicht gewillt, Leute vom Tierschutz zu empfangen. Jetzt hatte Mary beschlossen, auszuprobieren, wie man auf einen unerwarteten Besuch reagieren würde.

Sie stellte ihren Wagen auf der mit Schlacke bedeckten Einfahrt ab und schaute sich genau um. Auf der einen Seite stand ein durch seinen Teer-Schutzanstrich düsteres, kastenförmiges Haus, vermutlich das Wohnhaus des Arztes. Dahinter lag ein kleinerer Bau verborgen, die Garage, deren offene Türen mit den Windböen hin- und herschlugen. Die Garage war leer. Auf einem Hügel vor Mary ragte drohend ein zweieinhalb Meter hoher, verwitterter Lattenzaun auf. Hinter dem Zaun konnte sie das eingedrückte billige Asbestdach von etwas erkennen, was ein langes, einstöckiges, mehrfach angesetztes Gebäude zu sein schien – zweifellos die Hundezwinger.

Zuerst würde sie es am Haus versuchen. Während der Regen von ihrem Schirm herabströmte, bahnte sie sich einen Weg zwischen Pfützen die schlüpfrigen Stufen zur Vordertür hinauf und läutete. Der Klingelton hallte im hinteren Teil des Hauses wider, aber niemand kam. Das Regenwasser rauschte aus einer geborstenen Rinne neben der Tür herab. Ein paar schäbige, durchweichte Laken flatterten an der Wäscheleine hinter einem Gatter. Ein rotes Kinderdreirad lag auf der Straße unter den Zweigen eines Fliederbuschs. Das Haus blieb still, Frau und Kind des Arztes mußten ausgegangen sein. Wenn Mary Glück hatte, vielleicht auch der Arzt selbst.

Sie ging den Schlackenweg zurück und die Anhöhe hinauf zum Zaun. Nach einem letzten Blick zurück auf die dunklen schmierigen Fensterscheiben des Hauses öffnete sie den Riegel des hohen Holztors. Innerhalb der Umzäunung breitete sich vor ihr ein großer unebener, mit struppigem Wintergras bewachsener Hof aus. In seiner Mitte reihten sich die langen, mit braunen Schindeln bedeckten Hundezwinger mit getrennten, engen Ausläufen aneinander. Die Ausläufe waren leer. Ein Pfad schlängelte sich vor ihr her und gabelte sich dann. Als sie der linken Abzweigung folgte, gelangte sie zum unteren Ende des Gebäudes. Hier gab es keine Tür. Nur ein langer Tunnel führte ins Innere, das wie eine Scheune wirkte. Dort standen zu beiden Seiten in langen Reihen mit Maschendraht vergitterte Käfige. Im Gang zwischen ihnen wirbelte die Zugluft den Staub auf.

Mary trat ein. Beim Geräusch ihrer Schritte sprangen einige der Käfiginsassen auf und drückten ihre Schnauzen gegen das Drahtgitter. Die keuchenden, grunzenden Geräusche, die sie von sich gaben, waren die einzigen, die »entbellte« Hunde noch machen konnten. Aber es gab auch Hunde, die still und völlig apathisch liegenblieben und Mary aus trüben Augen anblickten. Sie waren zu »verbraucht«, als daß noch irgendetwas ihre Aufmerksamkeit wecken konnte.

Da Mary jeden Augenblick darauf gefaßt sein mußte, hinausgeworfen zu werden, versuchte sie, sich alles, was sie sah, so schnell wie möglich einzuprägen. Unter dem Dach außer

Sicht der Hunde waren kleine, weit auseinanderliegende Fenster angebracht. Böden und Wände bestanden aus altem, faulenden Holz. An der Hinterwand jeder Box eine geschlossene Luke. Splitter und Zahneindrücke überall, wo die Tiere genagt hatten – aus Kummer, aus Schmerz oder in der Hoffnung, entkommen zu können. Erhöhte Bretter, Borte, Säcke oder sonst etwas zum Schlafen gab es nicht, nur den kahlen, löchrigen, übelriechenden Boden. Das Ganze ähnelte einem Kuhstall, wenn auch ohne den Segen von Stroh.

Mary befand sich erst einen kurzen Augenblick in diesem Raum, als sie hörte, wie jemand die innere Tür öffnete. Ein Hauch warme Luft blies um ihre Beine. Am anderen Ende des Tunnels tauchte ein älterer Mann auf. Alles an ihm war zerknittert, seine Khakihose, die hohen ledernen Schnürstiefel, in die die Hosenbeine gestopft waren, sein grauer Rollkragenpullover und sein Gesicht. Selbst seine Pfeife und seine Augen schienen voller Runzeln zu sein, ein Eindruck, zu dem noch sein humpelnder Gang beitrug. Mary mußte lebhaft an Pop-Eye den Seemann denken. Jedenfalls konnte dies auf keinen Fall der widerborstige Dr. Strauss sein.

»Suchen Sie was?« fragte das Wesen. Seine Lippen saugten an der kalten Pfeife, während er sich Mary näherte. Und sein Atem roch nach Alkohol.

»Ich suche Dr. Strauss. Ich habe an seiner Tür geläutet, aber da kam niemand.«

Er nahm die Pfeife aus dem Mund. »Der ist heute den ganzen Tag weg.« Aus verkniffenen kleinen Augen schaute er sie listig und durchdringend an. »Wie sind Sie denn hier 'reingekommen?«

»Ich habe das Tor geöffnet und bin dem Weg gefolgt.« Unentschlossen stand sie da und überlegte, in wieweit sie ehrlich sein durfte. »Ich wollte auch die Hunde sehen. Das sind die Hunde für Langzeitversuche im Hosanna Krankenhaus, nicht wahr?«

Er gab ein Grunzen von sich. »Sie wollen sie sehen? Sind Sie Ärztin?«

»Nein, ich bin keine Ärztin.«

»Sind Sie in der Forschung?«

»O nein, das wäre nichts … ich meine, ich mag Tiere –.«
Sie zögerte. »Daher wollte ich sehen, wie sie betreut werden.« Daß sie das zugab, war sicher nicht weise.

»Na, wie ist denn Ihr Eindruck? Ziemlich gut, was?« Er zog seinen Tabakbeutel aus Ölzeug aus seiner Hüfttasche.

»Ich – ich hab' eigentlich noch nichts gesehen, ich bin gerade gekommen.« Sie lächelte ihm, wie sie hoffte, ermunternd zu.

»Sehen Sie sich nur um. Das kostet nichts. Sie sind überall gleich untergebracht.« Er blieb stehen und rührte sich nicht. Ein peinliches Schweigen stand zwischen ihnen.

»Haben Sie viele Besucher?« fragte sie.

»Kommt drauf an, wie Sie das meinen.«

»Ich meine Besucher wie ich. Keine Mediziner. Leute, die es interessiert, wie die Hunde untergebracht sind.«

»Ne.«

Sie ging zu einem der Käfige hinüber und schaute auf die weiße Karte, die daran hing. »Wieviele Hunde sind es denn?«

»Dreiundachtzig – im Augenblick.«

»Das ist eine ganze Menge. Machen Sie die ganze Arbeit allein?«

»Das ist ein Job, keine Arbeit.«

Sie schaute ihn an. »Wie nett, daß Sie das sagen.«

Er antwortete nicht, steckte nur seine kurzen Finger durch das Gitter im Käfig neben ihr. Ein trauriger, brauner Mischling leckte sie. »Am Tag habe ich noch einen Jungen, der mir hilft«, fügte er hinzu.

»Wie lange machen Sie das schon?«

»Neun Jahre.«

Was für eine Ewigkeit, wenn man sie an diesem gottverlassenen Ort verbringen muß, dachte sie. »Sie scheinen die Tiere wirklich gern zu haben«, sagte sie.

Er zuckte mit den Achseln. »Es gibt eben solche und solche Menschen.«

Sie wurde nicht schlau aus ihm. Einmal kam er ihr grob vor und dann wieder – ja was? Schweigsam, einfach ungewöhnlich. Und niemals wich der mißtrauische, verschlossene Ausdruck aus seinem Gesicht. Vielleicht sollte sie riskieren, mehr aus ihm herauszubekommen. Sie ließ den Blick über die Doppelreihe der eingesperrten, kaum erkennbaren unbeweglichen Hundegestalten gleiten. Einige standen, einige saßen, einige lagen; nur ihre Augen schienen lebendig. »Ich finde, sie sehen sehr traurig aus«, sagte sie.

Er zog seine Finger aus dem Käfig zurück und hielt sie schützend vor das angezündete Streichholz. »Warum?«

»Das müssen Sie doch besser wissen als ich. Weil sie so wehrlos sind.«

Er zog an seiner Pfeife, und die Streichholzflamme betonte noch die Runzeln in seinem Gesicht. Aber er gab keine Antwort.

»Finden Sie nicht, daß sie völlig ausgeliefert und ohne Hoffnung sind?« fragte sie wieder.

»Warum muß es denn Hoffnung für sie geben? Es sind doch bloß Hunde.«

»Oh, ich glaube nicht, daß Sie wirklich so denken. Sie hätten es doch nicht all die Jahre hier ausgehalten, wenn Sie kein Mitleid mit ihnen haben würden.«

Er senkte den Blick und zündete noch ein Streichholz an. Sein Gesicht ähnelte einem verschrumpelten Apfel oder einem Holzschnitt.

»Diese Tiere haben doch Verstand, Herz und Gefühl«, brach es aus ihr hervor. Seine Unnahbarkeit erbitterte sie. »Und sie werden behandelt wie Metall, verbogen und gedreht, oder wie Stoff, den man zerschneiden und mit der Nadel durchstechen kann. Und weil sie sich nicht wehren können, scheint es allen gleichgültig zu sein.« Nun war es heraus. Jetzt würde er sie auffordern zu gehen. Und sie hatte mehr Schaden angerichtet als Nutzen gehabt. Sie fröstelte und zog ihren Mantel enger um sich.

Er drückte das brennende Streichholz mit dem Stiefel aus.

Seine Pfeife brannte immer noch nicht. »Hier zieht's«, murmelte er, »hier zieht es immer. Kommen Sie doch mal mit.« Er hinkte vor ihr den Gang hinunter und winkte im Vorübergehen den Hunden zu. Einige von ihnen erhoben sich, als sie ihn sahen, kratzten an ihren Türen und wedelten vorsichtig. Langeweile? Die Demut der Eingesperrten? Oder mochten sie ihn wirklich leiden? Käfig folgte auf Käfig – es stimmte, wenn man einen gesehen hatte, hatte man alle gesehen, sie waren alle gleich dunkel, zerkratzt und einsam, ein Gefängnis für Einzelhäftlinge. Nur die Gefangenen unterschieden sich, aber auch sie teilten die Atmosphäre von Apathie und Melancholie.

Der alte Mann bog um die Ecke und ging durch einen Verbindungsgang auf eine geschlossene Tür zu. Sie blieb hinter ihm stehen vor einem Käfig, in dem ein Sheltie schlafend auf der Seite lag. Sein Anblick versetzte ihrem Herzen einen Stoß. Er erinnerte sie an Bruce, wenn auch dunkler im Fell aber mit derselben Zeichnung – vier weiße Pfoten, weiße Brust und Mähne. »Hallo, mein Lieber«, sagte sie. Und noch einmal »hallo«, aber das Tier rührte sich nicht.

Der Mann drehte sich um, als er sie hörte. »Der ist taub. Er kann Sie nicht hören.«

»Taub geboren?«

»Nein, ich würde nicht sagen ›taub geboren‹.« Er wiederholte ihre Worte, als wenn etwas besonderes dahinter steckte, in einer tonlosen Weise.

»Wie heißt er denn?«

Er hinkte zu ihr zurück. »Die haben hier keine Namen. Sie haben nur Nummern. Ich nenne ihn Zwei-eins-zwei.«

Sie schaute auf die Karte. »Und was heißt PAL 212?«*

»PAL bezeichnet das Jahr, in dem sie hier eingeliefert werden. Die Hunde dieses Jahres heißen ›Lucky‹!«

»Lucky?«

---

* PAL bedeutet außer der Hundefuttermarke noch ›der Kamerad‹, ›der Gefährte‹.

»Na ja, wie ›oh du glücklicher Hund‹ – gescheit, was?«
Sie starrte ihn an. »Warum schreiben sie denn nicht einfach
das Jahr auf und damit Schluß?«

»Dr. Palacci – der ist im Hosanna Krankenhaus für sie zuständig – hält jedes Jahr einen »Heldenhund«-Wettbewerb
für die Schulkinder ab; der Preis ist ein Hund. Derjenige, der
den besten Namen vorschlägt, bekommt ihn geschenkt.«

»Ein bißchen Reklame kann nicht schaden, was?«

Er schien ihre verächtliche Anspielung zu überhören. »Der
Gewinner bekommt eine Bronzemedaille mit einem Corgi
drauf.«

»Mit oder ohne Gipsverband?« Die Frage war ihr ent-
schlüpft, bevor sie es verhindern konnte. Seine Augenbrauen
zuckten. »Ohne.« Hör' auf, ihn zu reizen, mahnte Mary sich.

»Wie heißen *Sie* denn eigentlich?«

»Scully.«

Sie bückte sich und legte den Kopf zur Seite, um den schlafenden Hund besser sehen zu können. »Sein Kopf ist ganz anders«, sagte sie, »und sein Gesichtsausdruck auch. Nicht so
schmal, runder, ich weiß nicht, wie ich es ausdrücken soll.«

»Ganz anders als was?« fragte er erstaunt.

»Ganz anders als der Sheltie, den wir mal hatten. Unserer
war ein Vollblut. Wenn Sie ihn gesehen hätten, wüßten Sie,
was ich meine. Er hatte ein wunderhübsches Gesicht.«

»Zwei-eins-zwei ist ein schöner Hund.« Scullys Stimme
klang schroff. Dann wandte er sich ab.

Zu spät ging Mary auf, daß sie seine Gefühle verletzt hatte.
Ich bin ein Idiot, dachte sie. Das sind doch jetzt *seine* Hunde.
Und er mag sie.

Scully führte sie durch den Anbau und öffnete die Tür. Der
Raum, den sie betraten, war eine Kombination von Küche und
Schlafzimmer. Spülbecken, Kühlschrank und ein altmodi-
scher Kohlenofen nahmen eine Wand ein. Zwei Fenster – dazwischen ein Tisch – schauten auf den Grasplatz und den alles
umgebenden Lattenzaun. Ein weiteres Fenster und eine Glas-
tür gingen auf den Hinterhof und enge, mit Draht eingezäunte

Ausläufe. Dem Ofen gegenüber stand ein alter Schaukelstuhl, an dem eine Lehne locker war. Daneben eine eingesunkene Couch, die mit zerwühlten Laken und einer schmuddeligen Armeewolldecke ein unappetitliches Durcheinander bot.

Er hinkte zum Tisch hinüber. »Möchten Sie was trinken?« fragte er. Eine halb leere Flasche Whisky stand in der Mitte des verblichenen grünkarierten Wachstuchs.

»Hm ja – vielen Dank«, stotterte sie. Alkohol um drei Uhr nachmittags war nicht gerade das, wonach sie sich sehnte, aber er könnte helfen, die aufgewühlten Gefühle zu dämpfen.

Er nahm einen Bierkrug vom Regal. Sie konnte nur ein Glas sehen, das, aus dem er getrunken hatte. »Eis? Ich hab' welches.«

»Eis wäre prima.« Sie legte ihren nassen Regenschirm auf den Boden und knöpfte den Mantel auf. In der Nähe schlug eine Tür zu und erschütterte die Leichtbauwände. Ein Mann lief gesenkten Kopfes an den regennassen Fenstern vorbei.

»Wer war das?« fragte sie.

»Tony.«

»Der Junge von dem Sie sprachen?«

Er nickte. »Der geht donnerstags schon früh.«

»Wann werden sie denn gefüttert – ich meine die Hunde?« Sie setzte sich an den Tisch und stellte gleich darauf fest, daß es nur einen normalen Stuhl im Zimmer gab.

»Mittags.« Er zog den Schaukelstuhl näher, legte ein nicht sehr sauberes Kopfkissen vom Bett darauf, zog ein Bein an und hockte sich darauf. »Sagen Sie halt«, sprach er und schenkte ihr ein.

»Halt, halt!« rief sie.

»Sie trinken wohl nicht viel?«

»Ich muß doch noch nach Hause fahren.«

»Wo ist denn das?« Er senkte die Flasche über sein Glas.

»Hartsdale.«

Er schüttelte den Kopf. »Da bin ich noch nie gewesen.«

»Gleich hinter Sharpsburg, etwa vierzig Kilometer von hier.«

»Ich komme nicht viel rum. – Wußte der Doktor, daß Sie kommen würden?«

»Nein, ich kam auf gut Glück.«

»Um ihn zu sprechen oder um die Hunde anzuschauen?« Seine kleinen scharfen Augen bohrten sich in ihre.

Sie zögerte. Vielleicht war der Augenblick gekommen, die Wahrheit zu sagen. »Soll ich Ihnen das wirklich erzählen?«

»Darauf warte ich schon die ganze Zeit.«

»Um die Hunde anzuschauen. Mein Mann und ich sind Mitglieder einer Tierschutzvereinigung, und wir wollten die Hunde schon lange sehen.«

»Haben Sie versucht, eine Verabredung mit ihm zu treffen?«

»Mein Mann hat es versucht – mehr als einmal.« Nach Scullys Gesichtsausdruck zu urteilen, brauchte sie weiter nichts zu sagen.

Er lehnte sich in seinen Schaukelstuhl zurück, zündete wieder ein Streichholz an und sog dann an seiner Pfeife. »Was wollen Sie den eigentlich wissen?« Er sprach undeutlich zwischen den Zügen.

»Alles was Sie mir erzählen möchten. Wie oft, zum Beispiel, werden die Tiere in den Auslauf gebracht?«

»An schönen Tagen wann sie wollen. An Tagen wie heute bleiben sie meistens drin.« Seine Worte kamen stoßweise heraus, als blieben sie ihm manchmal im Hals stecken.

»Naja, niemand kann ja von Ihnen erwarten, daß Sie dreiundachtzig Hunde abtrocknen. Wie oft dürfen sie denn auf die Wiese da?«

»Niemals.«

»Niemals? Weil es dann Beißereien gäbe?«

»Überlegen Sie doch mal selbst.« Naja, dachte sie, es ist dem Arzt wohl nicht recht. Dann trat sie ans Fenster und schaute durch die zerkratzte, beschlagene Scheibe. »Wissen Sie, daß da draußen im Auslauf noch ein Hund ist?«

»Manchmal – wenn ich einen Augenblick erwische, in dem er nicht da ist, dann lasse ich ein paar von ihnen 'raus.«

134

Sie kam zum Tisch zurück. »Aber Scully, einen der Hunde muß Ihr Junge vergessen haben. Da ist noch ein großer schwarzer draußen, der hockt völlig durchnäßt in seinem Auslauf.«

»Das brauchen Sie mir nicht zu sagen.«

»Wie bitte?«

Scully fuhr sich mit der Hand über das Gesicht. »Ich sagte –« er hob seine Stimme – »das brauchen Sie mir nicht zu sagen. Der ist seit Wochen nicht mehr drin gewesen.«

Mary sank in ihren Stuhl. »Wie meinen Sie das?«

»Was ich sage. Sie haben ihm eine Lunge 'rausgeschnitten. Und nun möchten sie wissen, ob er eine Lungenentzündung bekommt.«

Sie senkte den Kopf. »Ich würde am liebsten losheulen.«

»Das verkneife ich mir schon seit Jahren. Jetzt trinke ich was, um darüber hinwegzukommen.« Er schüttete den Inhalt seines Glases herunter und setzte es dann mit Bedacht auf den Tisch.

Eine Weile saßen sie schweigend da und lauschten dem Regen, der auf das Dach trommelte. Mary tat das Herz weh, wenn sie an das Tier draußen dachte.

»Was wird Dr. Strauss tun, wenn er zurückkommt und mich hier findet?« fragte sie endlich.

»Ich kann doch eine Freundin einladen, wenn ich will, oder?«

Sie sah ihn an. »Vielen Dank dafür, daß Sie mich Ihre Freundin nennen, Herr Scully.«

Ihre Blicke trafen sich einen Augenblick des Einverständnisses. Dann errötete er und schaute zur Seite. »Ich lese viel«, sagte er.

Sie versuchte, den Zusammenhang seiner Bemerkung zu finden. »Ach ja?« sagte sie, »das ist gut.« Dann zog sie ein Zigarettenpäckchen aus der Handtasche. »Gibt es in diesem Gebäude eigentlich eine Heizung?«

Er stieß den Schaukelstuhl zurück. »Ist Ihnen kalt? Ich kann ja Kohle nachschütten.«

»Das meine ich nicht. Hier ist es warm. Ich meine für die Hunde. Wie halten die sich im Winter warm?«

»Sie frieren eben.«

»Aber sie kommen doch nach einer Operation hierher. Müssen sie denn, außer allem anderen, dann auch noch die Kälte verkraften?«

»So ungefähr. Aber jetzt verrate ich Ihnen was«, – sein Gesicht war ein Netz von Runzeln – »es gibt nichts besseres als ein paar Decken aus Fell. Das nützt zweifach, ihnen und mir. Zwei-eins-zwei eignet sich großartig dafür. Er ist klein, und er liegt immer ruhig. Man kann ja nicht schlafen, wenn sie die ganze Nacht herumstrampeln.«

»Wie kommt es denn, daß er taub geworden ist? Haben sie das getan?«

Scully zog den Schaukelstuhl mit einem Ruck zum Tisch zurück, beugte sich vor und stützte die Ellenbogen auf das Wachstuch. »Als er zuerst herkam, hatte man Chirurgie am offenen Herzen mit ihm gemacht. Nachdem er das überstanden hatte, holten sie ihn wieder. Diesmal war er lange Zeit weg. Ich hatte ihn schon vergessen, glaubte, er sei tot. Dann eines Tages kam er doch noch wieder, nur konnte er diesmal nichts mehr hören. Er saß in der Ecke seiner Box, fröstelte und schlotterte und war so mit den Nerven fertig, daß man ihn gar nicht anfassen konnte.«

»Was hatten sie denn diesmal mit ihm gemacht, wissen Sie es?«

»Aber klar, ich hab' gefragt. Sie erzählen mir schon mal was – sie meinen, daß es mein Interesse wachhalten würde.«

»Wer hat es Ihnen erzählt, Dr. Strauss?«

»Die Ärztin, die's gemacht hat. Sie hat es an ungefähr zwanzig Tieren ausprobiert, und dann kam sie hierher, um nachzusehen, wie es den Hunden ging – ›was für Fortschritte sie machten‹ nannte sie es. Aber die Tiere machten alle in derselben Richtung Fortschritte, sie zitterten und schlotterten.«

»O Gott, was hat sie denn mit ihnen gemacht?«

»Zuerst hat sie sich einen schalldichten Raum bauen lassen. Dann hat sie sich eine Art Box mit einem elektrisch geladenen Boden ausgedacht. Die Hunde wurden einer nach dem anderen 'reingesteckt, und jedes Mal, wenn sie mit ihren Pfoten den Boden berührten, brach ein fürchterlicher Krach los. Und je verängstigter sie wurden, umso mehr sprangen sie natürlich herum und umso mehr Getöse gab es.«

»Teuflisch! Was für eine Art Lärm war das denn?«

»Keine Ahnung. Es mußte nur laut genug sein, um ihr Trommelfell zu verletzen. Die Ärztin sagte, Lärm mit Unterbrechungen sei »wirksamer« als ständiger Krach. Wie finden Sie denn den Ausdruck ›wirksamer‹?«

»Ich finde ihn grausig. Einfach entsetzlich. Und was für einen Sinn sollte das alles haben?«

»Sie behauptete, sie studiere emotionelle Störungen und ihren Zusammenhang mit Taubheit. Das waren ihre Worte. Ich erinnere mich sehr genau an Dinge, die mich interessieren.«

»Erzählen Sie weiter.«

»Was wollen Sie denn noch wissen?«

»Wie lange dauerten diese Versuche?«

»Ein paar Tage, manchmal auch Wochen oder vielleicht Monate. Ganz verschieden.«

»Und für wie lange wurden die Tiere jedesmal in die Box gesperrt?«

»Einige für Minuten. Andere stundenlang.«

»War sie mit den Ergebnissen zufrieden?«

»Ich kann mich nicht erinnern, daß sie darüber etwas gesagt hat.«

»Und was ist aus den anderen Hunden geworden? Sind sie alle taub?«

»Einige blieben taub. Einige nicht. Hunde sind wie Menschen, bei empfindlichen sind die Verletzungen am schlimmsten. Aber die meisten sind jetzt weg, Gott sei Dank.« Scully steckte seine Pfeife in das ausgetrunkene Glas und rührte die schmelzenden Eiswürfel um.

»Weg wohin?«

»Ins Jenseits.«

Zwei kleine Worte, und dazwischen liegt eine Welt, überlegte Mary. »Macht sie – die Ärztin – an denen, die noch leben, immer noch Experimente?«

»Aber nein, Gott behüte! Sie arbeitet gar nicht mehr im Hosanna Krankenhaus. Sie gehört jetzt in Washington irgendeinem großen medizinischen Ausschuß an.«

Mary starrte zum Fenster hinaus, ohne etwas zu sehen. »Was empfindet man wohl, wenn man hinter sich eine Spur von Elend zurückläßt? Ich glaube, ich könnte nicht schlafen.«

»Es ist ja nicht das Elend, das zählt. Es sind die Folgen.« Er hob sein Glas und schluckte ein paar Tropfen Eiswasser hinunter. »Wissen Sie, warum ich hier kaum noch 'rauskomme?« Er wartete ihre Antwort nicht ab. »Weil ich jedesmal, wenn ich weggehe, daran denken muß, daß sie hier allein sitzen und auf mich warten, und daß alles, was sie noch vor sich haben, der Käfig ist, Leiden und Tod.« Sein Mund verzog sich bitter. »Jeden Abend hole ich mir zwei oder drei hierher, damit sie ein bißchen Abwechslung haben. Das hilft ihnen vielleicht, sich zu erinnern.«

»Sich zu erinnern?«

»Ja, an die Zeit, als sie jemand liebte. Aber wenn ich sie mir nacheinander hole, dann vergeht ein Monat, mehr als ein Monat, bis der erste wieder dran ist.« Er klopfte seine Pfeife aus. »Das ist eine lange Wartezeit, besonders, weil es manchmal schon zu spät ist.«

Mary konnte fühlen wie das Grausen ihr die Kehle zudrückte. Sie wagte nicht, ihn anzusehen. Aber sie hörte, wie er die Verschlußkapsel der Flasche aufschraubte.

»Nehmen Sie noch einen? Das ist der beste Trost.«

Zu spät bedeckte sie ihren Krug mit der Hand. Der Whisky spritzte über ihre Finger. »Langsam, langsam«, schimpfte er. »Es hat keinen Sinn, den guten Saft zu vergeuden.«

»Entschuldigen Sie, aber ich möchte wirklich nicht mehr.«

Während sie ihre Hände mit einem Taschentuch abwischte,

138

versuchte sie, sich vorzustellen, wie Scully an den langen Winterabenden in seinem Schaukelstuhl saß, hier in seinem Tieriglo mit einigen Hunden in völliger Einsamkeit. »Was machen Sie denn mit sich selbst, wenn Sie soviel allein sind?«

»Ich lese.«

Das sagte er nun schon zum zweiten Mal. »Was lesen Sie denn am liebsten?«

»Wollen Sie das wirklich wissen?«

»Ja, es interessiert mich.«

Er sah sie schlau von der Seite an. »Ich lese eine Menge Dinge, die ich gar nicht lesen sollte.«

Mary fühlte sich ungemütlich. Wovon redet er nur? War er homosexuell oder war seine Lieblingslektüre Pornographie?

»Warum fragen Sie mich nicht?«

»Das habe ich doch schon getan«, antwortete sie vorsichtig.

Er arbeitete sich aus dem Schaukelstuhl heraus und zog einen abgenutzten Schrankkoffer unter dem Bett hervor. Dann schleppte er ihn neben seinen Stuhl und schloß ihn mit einem Schlüssel auf, den er aus seiner Tasche holte. Die Scharniere quietschten beim Öffnen. Der Koffer war mit einem Durcheinander von Büchern gefüllt, dazu vergilbte Zeitungsausschnitte, Broschüren und alte, zerfetzte Zeitschriften. »Ich lese gern was aus der Welt der Forschung«, erklärte er. »Nur gehen meine Meinung und die der großen Bosse auseinander.« Er gab ein verächtliches Schnaufen von sich. »Ich würde Ihnen auch sicher nichts davon erzählen, wenn ich nicht was getrunken hätte.«

»Ich erzähle bestimmt nichts weiter.«

»Das will ich hoffen«, sagte er heftig. »Sonst verliere ich meinen Job.«

»Ich verspreche es.«

»Na also gut. Ich glaube Ihnen. Suchen Sie sich was aus.«

»Aussuchen?«

»Ja, zeigen Sie auf ein Buch oder auf eine Zeitschrift, und dann lese ich Ihnen eine Probe daraus vor.«

Eine unübliche Art der Lektüre, aber Herr Scully war ja auch kein gewöhnlicher Mensch. Mary zeigte auf eine alte Ausgabe des LIFE Magazins.

Scully studierte die mit Bleistift angestrichenen Stellen auf dem Titelblatt, leckte den Zeigefinger an und blätterte, bis er die richtige Seite gefunden hatte. »Kommt etwa auf das 'raus, wovon wir gesprochen haben. Hier heißt es:« Und nun las er laut und mit sorgfältiger Betonung vor. »Viele Ärzte und Professoren der Medizin bezweifeln den Wert des größten Teiles der Forschung, die von der Pharmaindustrie durchgeführt wird. Dr. Frederich H. Myers, Professor-Assistent der Pharmakologie an der Universität Kalifornien nennt diese Forschung unverblümt »ich-will-auch«-Forschung – das heißt die Suche nach patentierten Varianten von etwas, was sich schon längst gut verkauft.« »Und ich wette, Sie raten, an was hier geforscht wird«, schloß Scully.

»Ich rate es.«

»Aber sie machen nicht nur Versuche mit Hunden und Katzen. Sie gebrauchen alles, was atmen und fühlen kann.«

Er warf die Zeitschrift wieder in den Koffer. »Ich habe schon in Zwingern gearbeitet, und ich sage Ihnen – worum es wirklich geht, das ist wer den fettesten Bissen mit nach Hause bringt. Es ist ihnen sogar völlig schnuppe, wieviele andere Labors außer ihnen genau dieselben Versuche machen. Schmerz ist für die nur ein Wort. Das einzige, was sie interessiert, ist etwas vorzeigen zu können, und wenn der Kuchen einen Zuckerguß aus Geld und Ruhm bekommt, dann langen sie noch mal zu.«

»Sie haben keine besonders hohe Meinung von ihnen, wie?«

»Das überlasse ich ihnen – sie haben schon genug davon. – Haben Sie das gesehen?« Er hielt eine amtliche Veröffentlichung hoch. Sie schüttelte den Kopf. »Das sollten Sie lesen. Alles über Tiere. Es ist der Bericht des Sekretärs des Ministeriums für Landwirtschaft. Der letzte.« Er schlug hinten eine der letzten Seiten auf. »Wußten Sie, daß man im vergangenen

Jahr in den Vereinigten Staaten an 176.430 Hunden Versuche gemacht hat?«Er las die Zahlen aufmerksam vor.»An 63.311 Katzen und an über 53.000 Primaten? Das sind die Zahlen, die sie selbst angeben. Und noch was: Fast dreitausend von den Hunden, über fünfhundert Katzen und siebenhundert von den Primaten bekamen keine schmerzstillenden Mittel. Nicht zu reden von den 38.000 Meerschweinchen, 49.000 Hamstern und 22.000 Kaninchen.«

»Überhaupt keine Betäubung während der Versuche? O mein Gott!«

»Nein nichts. Weil – wie sie auch hier sagen – es möglich wäre, daß die Betäubungsmittel das Ziel des Experiments beeinflussen könnten.«

Er warf das Buch auf den Tisch.»Es geht nur um die dikken Geschäfte, die Tiere sind für den Abfalleimer. So als wenn Sie und ich eine Spinne abschütteln.

»Aber ich würde ihr nicht vorher die Beine ausreißen.«

»Sie denken eben anders. Einige von diesen Forschern schwören ja sogar, daß Tiere keine Schmerzen empfinden können. Stellen Sie sich das mal vor! Das haben sie mir sogar weismachen wollen! Wenn aber doch jeder kapieren muß, daß Tiere besser als Sie und ich hören und riechen können, wieso sollten sie dann nicht vielleicht auch besser fühlen? Das soll kein Witz sein. Leider haben die Experimentatoren ja die Menschen seit Jahren systematisch verdummt, indem sie sie immer wieder glauben machten, wie gut es die Tiere in den Labors haben. Vor gar nicht langer Zeit schwatzten sie tatsächlich von der »königlichen Behandlung«, oder sie reden von »Betreuung mit Samthandschuhen.« – Scully erwärmte sich immer mehr für sein Thema. Sein Zögern und seine schleppende Sprechweise waren verschwunden.»Ich sagte ja schon, ich hab' woanders gearbeitet, das ist nicht der erste Zwinger. Und da lagen Hunde und Katzen auf Maschendraht, Wochen, Monate, Jahre. Und ihre Krallen waren so verdammt lang gewachsen, daß sie wie Haken wirkten und ins Fleisch ihrer Pfoten einwuchsen.«

»Aber warum hat ihnen denn niemand die Krallen geschnitten?«

»Zu faul. Das war denen doch egal. Und meistens gab's zuviele Tiere. Drüben im Hosanna – was meinen Sie wohl, was die machten bevor sie den Sterilisationsapparat bekamen? Sie spritzten die Tiere einfach in ihren Käfigen mit dem Schlauch ab. Wie gefällt Ihnen das? Richtig schön durchnäßt waren sie dann, und keiner kümmerte sich darum, ob das einzelne Tier krank war, gesund oder halb tot. Schscht!« Er legte seinen Daumen über eine imaginäre Schlauchdüse und machte eine Bewegung, als wenn er spritzte. »Das war einfach der schnellste Weg, um vom einen Ende des sogenannten Schlafsaals zum anderen zu gelangen.«

»Und sie wurden nicht abgetrocknet?«

»Sie machen wohl Spaß? Die »Betreuer« hatten sogar die Frechheit, eine rosa Broschüre zu drucken mit dem Titel »Verwöhnter als Haustiere.« Und die haben sie dann gratis an die lieben alten Damen verteilt, die Fragen stellten. Aber nach einer Weile hatten sie die lieben alten Damen und ihre Fragen satt – und deshalb darf jetzt auch keiner mehr die Tierlabore betreten, außer sie sind ganz sicher, daß der ihnen nichts am Zeuge flickt.«

»Aber Herr Scully, die meisten Ärzte sind doch freundliche Leute. Ich kann immer noch nichts anderes glauben, also wie erklären Sie sich dann, daß sie es zulassen, daß alles so weiter geht?«

»Die Leute in der Kirche sind die Gläubigen, und es gefällt der Geistlichkeit gar nicht, wenn ein Priester ihnen Kontra gibt.«

»Ich kann Ihnen wirklich nicht folgen.«

Scully stand auf und holte eine Dose mit gesalzenen Erdnüssen von einem Regal herunter. »Hier, bedienen Sie sich« – er nahm selbst eine Handvoll. »Die Amerikanische Gesellschaft für Medizin ist eine große und mächtige Organisation.«

»Sicher, aber es muß doch noch andere Gründe geben.«

»Ich kann Ihnen nur das erzählen, was ich selbst erlebt habe. Die meisten Ärzte meiden die Tierlabors. Mit Absicht. Viele der sogenannten Forscher sind ja gar keine Mediziner. Sie sind Physiologen, Psychologen und Gott weiß was noch für -ologen. Außerdem müssen sie im Sommer einem Haufen dummer Gören von der Uni beibringen, wie man es anfängt, die verdammte blutige Leiter nach oben 'raufzuklettern. Aber fragen Sie mich nicht, was sie denen sagen. Ich weiß nur das, was ich mit eigenen Augen gesehen habe. Und ich habe nur einen einzigen Forscher erlebt, der Versuche an sich selbst machte, bevor er was an Tieren ausprobierte. Aber das war ein seltener Vogel, und er machte nur Kindergartenversuche. Und immerhin – in seine eigenen Augen hat er auch keine Säure getropft.«

»Herr Scully, ich kann einfach nicht glauben, was Sie da erzählen – daß es so schlimm ist.«

Er zuckte die Achseln. »Dann sind Sie eben wie alle anderen. Sie glauben, was Sie glauben möchten. Die Wahrheit ist so schlimm, daß die Menschen ihr nicht in die Augen sehen wollen.«

»Ich weiß wirklich nicht mehr, was ich denken soll.« Mary nahm ihren Kopf in die Hände. »Mir ist zumute, als hätte ich einen Unfall gehabt.«

»Na schön, wenn Sie denn gerade einen Unfall haben, erzähle ich Ihnen noch was. Trauen Sie ja nicht jedem Tierarzt, zu dem Sie gehen.«

»Was soll denn das heißen?«

»Passen Sie auf. Ich kenne einen Tierarzt nicht weit von hier, der steckt mit denen unter einer Decke. Wenn die Leute ihm eine Katze oder einen Hund bringen, und die sollten eingeschläfert werden – wissen Sie, was er dann tut? Er verschiebt sie heimlich nach Hosanna, nicht für Geld sondern für die Wissenschaft. Denn in Wirklichkeit macht er bei denen mit. Ich rate Ihnen gut, wenn Sie sicher gehen wollen, nehmen Sie den Körper Ihres toten Tieres mit nach Hause. Dann kann man Sie nicht betrügen.«

»Aber ist das nicht gegen das Gesetz? Ich meine, daß er das nicht tut, wofür er bezahlt wird?«

»Gegen das Gesetz ist so manches.«

»Und wenn es sich herumspricht, daß er sowas macht? Dann geht doch kein Haustierbesitzer mehr zu ihm.«

»Es spricht sich aber nicht 'rum. Ich kenne eine Frau, die überlegte es sich anders und ging noch mal zu ihm zurück, um den Körper ihres toten Tieres zu holen. Sie hätte beschlossen, das Tier zu begraben. Ach, sagte der Tierarzt da, das täte ihm ja so leid, aber der Körper wäre schon im Verbrennungsofen. Und wie will sie nun beweisen, daß das nicht stimmt?«

Mary schwieg. »Finden Sie denn, daß Tierversuche völlig überflüssig sind?« fragte sie endlich.

Er kippte sein Glas und nahm einen guten Schluck. »Wenn Sie mich fragen, ja. Vor allem deshalb, weil Tiere ganz anders sind als Menschen. Die Ergebnisse können gar nicht übertragbar sein. Denken Sie nur mal an die Unfallchirurgie. Hunde sind Vierbeiner, sie belasten ihre Hüften und ihre Wirbelsäule ganz anders als wir. Und deshalb werden am Ende doch Experimente am Menschen gemacht, auch mit ach so sicher getesteten Medikamenten. Und wenn das in Altenheimen oder Gefängnissen geschieht, glauben Sie, daß die Versuchskaninchen das überhaupt erfahren?«

»Mein Mann meint, daß die Tierversuche fortgesetzt werden, so sehr wir uns auch bemühen, ihre ganze Grausamkeit und Sinnlosigkeit bekanntzumachen. Sollten wir dann nicht wenigstens versuchen, die entsetzlichen Lebensbedingungen der gequälten Geschöpfe zu ändern?«

»Wenn Sie gesehen hätten, was ich gesehen habe, wären Sie vielleicht nicht so großzügig. Oder auch so dumm. Lebensbedingungen! Was geschieht denn zum Beispiel mit den vielen Tieren, die in Vergessenheit geraten, die in einem Käfig leben und sterben, während alle glauben, daß irgendjemand anders sie benutzt? Auch das hab' ich xmal erlebt. Und was geschieht mit dem ganzen Wust von Papier, der bei den

Tierquälereien herausgekommen ist, dann aber durcheinandergerät und verlorengeht? Mit den Versuchen, die bis in alle Ewigkeit wiederholt werden, weil immer wieder jemand neues kommt, der's auch mal ausprobieren will? Das hat alles solche Ausmaße angenommen, daß es vielen egal ist. Dafür ist ihnen was anderes überhaupt nicht egal. Ich hab' von Leuten gehört, die Bilder malten und Bücher schrieben und die nicht wollten, daß man wußte, wer sie waren. Aber haben Sie schon mal von einem Wissenschaftler gehört, der seine Behauptungen nicht mit seinem Namen unterschrieben hat? Ein Wissenschaftler ist immer vorneweg, wenn es darum geht, sich selbst zu loben.«

»Das ist mir noch nie in den Sinn gekommen.«

»Viele Menschen denken eben nicht nach. Die meisten glauben jedenfalls, daß die Tiere betäubt werden. Auch Sie, bis ich Ihnen die Zahlen da vorgelesen habe. Stimmt's? Es ist aber gerade das leere Geschwätz, um das es geht. Die Tiere werden betäubt, wenn den Forschern das in den Kram paßt. Haben Sie schon mal von dem englischen Arzt Charles Bell Taylor gehört? Er behauptet, es seien nicht die Tiere, die narkotisiert würden, sondern die Öffentlichkeit.« Scully lachte bitter. »Wenn ich mal tot bin, hinterlasse ich dem Hosanna Krankenhaus Geld, eine kleine Spende, damit sie sich diesen Ausspruch über die Eingangstür zum Tierlabor hängen können.«

Mary sah ihn an. Was für einen Mut der Mann besaß! Das Leben, zu dem er sich freiwillig verdammt hatte, mußte doch eine tägliche Qual für ihn sein. »Gehören *Sie* denn eigentlich einer Tierschutzorganisation an?« fragte sie.

»Um Gottes Willen! Die würden mich doch sofort 'rauswerfen. Von denen, die mit in der Sache stecken, erwartet man, daß sie alles nur von einer Seite sehen.«

»Ja, sie lassen uns schön draußen vor der Tür stehen. So können sie gegen die sprechen, die keine Sprache haben, gegen die schreiben, die nicht schreiben können und gegen die Nicht-Stimmberechtigten stimmen.«

»Und die Öffentlichkeit ist stocktaub. Sie hört nur, was sie hören will.«

Sie drückte ihre Zigarette aus. »Da wir über Stocktaube sprechen, Herr Scully, warum ist denn der Sheltie eigentlich immer noch hier, wenn die Ärztin nicht mehr da ist?«

»Er ist jetzt Dr. Buticks Hund – schon seit neun Monaten.«

»Gehört er Dr. Butick?«

»So können Sie es nennen. Ich meine, er hat an ihm Versuche gemacht.«

Gab es denn niemals ein Ende? »Was denn noch für Versuche?« fragte sie.

Scully seufzte. »Ich merke, Sie haben noch nichts von Dr. Butick gehört. Er interessiert sich für Knochen und Knochenbrüche und wie man sie nageln kann. Die meisten Stifte werden aus Aluminiumstahl hergestellt. Wußten Sie das?«

Mary schüttelte den Kopf. »Naja, nun macht er Versuche mit einer neuen Art Stift, die er erfunden hat. Bei gewissen Brüchen wird dieser Stift Butick 7, wie er ihn nennt, bis ins Knochenmark vorgetrieben. Wenn der Knochen dann heilt, soll sich der Stift auflösen. Das Dumme ist nur, daß er sich bisher nicht aufgelöst hat – soweit ich orientiert bin.«

»Wie hat sich der Hund denn das Bein gebrochen?«

Scully sah sie erstaunt an. »Hunde brechen sich nicht die Beine. Der Arzt bricht sie ihnen.«

»Sie holen die Tiere von hier ins Krankenhaus, um ihnen dort absichtlich die Beine zu brechen?«

»Oder sie holen sie aus den Tiersammelstellen und den sogenannten Asylen. Was ist der Unterschied?«

»Aber um Himmels willen, warum benutzt er denn nicht wenigstens Tiere, die überfahren worden sind?«

»Meine liebe Dame –! Wenn die an einem gebrochenen Oberschenkel herumstudieren, dann interessiert sie doch ein Kieferknochen oder ein Schienbein nicht. Die Chefs sind ja eben keine Tierärzte, sie sind was Höheres, Forscher! Mit Ihren Ideen liegen Sie total verkehrt.«

146

Mary blinzelte. »Sind Sie mal dabei gewesen?«

»Ja.«

»Und wie machen sie das?«

»Mit einem Hammer.«

Mary war kreideweiß. Ihre Hand zitterte, als sie den Krug hob. »Bekommen die Hunde, soweit Sie das wissen, ein Betäubungsmittel?«

»Ja, aber ich fürchte, da ist noch einiges mehr, wovon Sie keine Ahnung haben. Auf eine Narkose – und nicht nur auf die – reagieren Hunde und Menschen ganz verschieden. Wenn man also einen Hund bewußtlos macht, riskiert man immer, daß er dabei stirbt.«

»Also gibt man ihm so wenig wie möglich.«

»Sie geben ihnen häufig nicht genug, um den Schmerz zu betäuben, wenn Sie das meinen.«

»Und wie geht es dem Sheltie jetzt?«

»Zwei-eins-zwei? Wie den anderen. Seine Vorderbeine sind steif geblieben. Er kann nicht mehr richtig laufen.«

»*Beide* Beine? Dr. Butick macht diesen Versuch mehr als einmal am gleichen Hund?«

»Davon hat man schon öfters gehört«, antwortete Scully trocken.

Mary schwieg, ihr war übel. Scully wühlte wieder in seinem Koffer. »Wissen Sie, wie Claire Boothe Luce die Labors für Tierversuche nannte?« fragte er. »Sie nannte sie die Lager Buchenwald, Auschwitz und Dachau der Tiere. Und damit hatte sie recht, glauben Sie mir.«

»Ich habe ihnen ja eigentlich schon geglaubt, bevor ich herkam. Deshalb bin ich ja letzten Endes gekommen, aber was ich inzwischen zugelernt habe … Ich glaube auch, daß mein Mann mir nicht die Hälfte von dem erzählt hat, was er erlebte.«

»Vielleicht sollte ich jetzt auch aufhören.«

»Nein, nein, das möchte ich gar nicht. Ich muß es jetzt genau wissen.«

»Dann lesen sie mal dies und sagen Sie mir, was Sie davon

halten.« Scully hatte gefunden, wonach er suchte, und legte die Broschüre vor Mary hin.

Sie hatte eben begonnen zu lesen, als der Küchenwecker auf dem Regal laut zu klingeln anfing.

»Ich muß Sie einen Augenblick verlassen«, sagte Scully. »Bin gleich wieder da.«

»Sie haben zu tun? Möchten Sie, daß ich gehe?«

»Nein, nein. Es ist nur Zeit, sie 'rauszulassen. Ich brauche dazu genau acht Minuten. Das hab' ich ausgerechnet.« Er stand auf und stellte den Wecker ab.

»Wie können Sie sie denn alle so schnell 'rauslassen?«

»Ich ziehe an der Schnur, die an der Käfigtür hängt. Wenn ich zwei Runden mache, einmal, um die Türen aufzumachen, und einmal, um sie zu schließen, dann haben alle Hunde Gelegenheit, eine kleine Weile im Freien zu verbringen.«

Aus der Baracke zu beiden Seiten des Raums drang gedämpftes Bellen.

»Hören Sie sie? Sie rufen schon nach mir«, sagte Scully mit einem zerknitterten Grinsen. »Sollte ich es jemals vergessen, würden sie mich dran erinnern, auf die Minute.«

Als er hinausgegangen war, beugte sie sich wieder über die Broschüre. Ein Dr. Edward Berdoe, Mitglied der Königlichen Hochschule für Chirurgen, hatte den Auszug unterschrieben. Mary las:

»Es gibt kein Organ im Körper eines Tieres, keine Funktion, keine Empfindung, die noch nicht durch den Physiologen untersucht oder Experimenten unterworfen worden ist. Geht es um das Gehirn? Dann durchpflügen sie es mit roten heißen Drähten, sie bohren Löcher hinein, sei schneiden es in Scheiben, sie jagen Stromstöße hindurch. Geht es um die Wirbelsäule? Auch ihre Funktionen werden minutiös erforscht, und die Nerven, die von ihr ausgehen, werden mit Skalpell und Zangen aufgespürt. Man tropft starke und ätzende Säuren in die Augen und beobachtet die Wirkung von schmerzhaften Inokulationen mit Durchleuchtungsapparaten. Das Tier ißt? Also versucht man, es ohne Nahrung am Leben zu erhalten oder füttert es mit einer grotesken Spezialkost, um festzustellen, wie lange es braucht, um zu verhungern. Das Tier trinkt? Also muß es Versuchen mit Flüssigkeitn ausgesetzt werden. Es hat Blut? Dann muß man dieses aus ihm herauspumpen und hinterher wieder hineinpumpen, damit man vielleicht auch daraus etwas lernt. Es atmet? Also sollte man es giftige Gase einatmen lassen. Das Tier kann schwitzen? Dann muß man es lackieren oder mit Wachs überziehen, um festzustellen, wie lange es lebt, wenn es nicht schwitzen kann. Kann es sich erkälten? Nun, rasieren wir es mal, baden es in Eiswasser und warten ab, wie lange es dauert, bis es eine Lungenentzündung bekommt. Kann es brennen? Man wird es lebendig braten. Kann es sich verbrühen? Man wird es lebendig kochen. Gibt es einen Grad des Todeskampfes, der bis kurz vor dem Tod geht, aber nicht weiter? Nagel für Nagel wird sorgfältig in die Glieder des Geschöpfes getrieben, bis es nicht mehr Kreuzigung ertragen kann.«

Dreizehntes Kapitel

Als Scully zurückkam, saß Mary zusammengekauert da und hatte die Arme auf den Tisch und den Kopf auf die Arme gelegt. Er nahm sein Glas.»Na, wie geht's denn?« fragte er. Mary hob den Kopf und sah ihn an.»Oh, wenn ich nur schreiben könnte, wenn ich mich nur gut genug ausdrücken könnte, ich glaube, dann würden die Leute mir auch zuhören. Und wenn sie erst aufhorchen, dann tun sie auch etwas. Es kann nicht soviele grausam gleichgültige Menschen in diesem Land geben.«

»Ha, was Sie noch alles lernen müssen! Vor ein paar Jahren, da hat sich die Öffentlichkeit tatsächlich mal riesig aufgeregt – als die Armee und die Luftwaffe planten, Giftgas an sechshundert Beagles auszuprobieren. Erinnern Sie sich? Ich nehme an, daß eine Menge Leute, die das damals zur Kenntnis nahmen, nicht schlecht überrascht waren, daß das Tierschutzgesetz von 1970 diese Beagles nicht schützte. Es ist doch ein Witz! Dieses Gesetz tastet diese Art Forscher überhaupt nicht an. Und der größte Witz ist, daß die Staatliche Gesellschaft für Medizinische Forschung hinter den Kulissen alle Fäden zieht. Versuchen Sie das mal wegzustecken.«

»Bitte nehmen Sie mir nicht den Mut.«

»Ich will Ihnen überhaupt nicht den Mut nehmen. Ich versuche nur, Ihnen die Wahrheit zu sagen. Wenn Sie bloß ein paar von den Lügen gehört hätten, die die den Leuten ins Gesicht sagen! ›Hier im Hosanna –‹ Scully veränderte seine Stimme und machte jemanden nach – ›tun wir unser Äußerstes, um den Tieren nur ein Minimum an Schmerzen zuzufügen.‹ Ein Minimum!« Scullys Stimme war wieder seine eigene.»Nennen Sie das ein Minimum, wenn sie sich bei der Hälfte aller Fälle nicht mal die Mühe machen, ein Beruhigungsmittel zu geben? Habe ich vielleicht einige meiner Hunde nicht die ganze Nacht vor Schmerz winseln und stöhnen hören? Und das immer wieder. Und wo waren sie da, die miesen Böcke, die das verursacht hatten? Die lagen Meilen weit weg im Bett und schnarchten, um neue Kräfte zu schöpfen für den nächsten Tierversuch.«

»Sie können doch nicht alle grausam sein.«

»Grausam?« Er setzte sein Glas mit einem Knall auf den Tisch. »Ich hab' noch nicht einen getroffen, der sich für grausam hält. Die meisten haben sogar eigene Haustiere. Einige halten ein oder zwei von ihren Versuchstieren zu Hause! Nachdem sie ein Dutzend Hunde gefoltert haben, oder hundert Katzen oder tausend weiße Mäuse, nehmen sie eins von den Tieren mit nach Hause als Beweisstück A, um allen Leuten zu zeigen, was für liebe Kerle sie sind. Wenn das keine Heuchelei ist!«

Mary rieb sich die schmerzende Stirn. »Ich versuche immer noch, die Taten vom einzelnen Menschen zu trennen.«

»Das verstehe ich nicht.«

»Ich will Folgendes sagen: Ich muß das, was Sie über Tierversuche erzählen, wohl glauben, mein Mann sagt schließlich auch, daß die Experimentatoren sie selbst in ihren medizinischen Fachzeitschriften beschreiben. Aber ich kann mir immer noch nicht vorstellen, daß gebildete Familienväter, die Art Leute, denen man täglich begegnet und die man in sein Haus einlädt, so entsetzlich brutal handeln können.«

»Wenn das alles ist, was Ihnen Kopfzerbrechen macht!« lachte Scully. »Diese Herren bilden sich doch ein, sie folgten einer hohen Berufung! Zwar leben sie in den Vereinigten Staaten, aber die Hälfte von ihnen hat nicht mehr Mitleid als die Nazis. Sie glauben nicht nur, daß sie einer Berufung folgen, sie meinen auch, ein gottgegebenes Recht zu haben, Tiere auf jede Weise, die ihnen paßt, zu benutzen. Sie gehören doch der Herrenrasse an, sind die Krone der Schöpfung.«

»Gibt es denn gar keine Entschuldigung für sie? Viele, die meisten von ihnen *müssen* doch daran glauben, daß sie Gutes tun.«

»Ich kann nicht sagen, wieviele das sind. Ich weiß nur, wer den Preis bezahlt. Die Tiere. Und welches Recht hat eine Gruppe von Menschen, sich zu Richtern über das Schicksal anderer Lebewesen zu erheben, wenn für sie selbst dabei soviel auf dem Spiel steht? Sie möchten ihre blutigen Experimente ohne Einmischung weitermachen, also schließen sie ihre Labors ab unter dem Vorwand, daß die Öffentlichkeit so dumm ist, daß man sie nicht 'reinlassen kann. Und, meine Dame, sie kommen damit durch! Auf diese Weise übernimmt die Herrenrasse die Führung – auch über die Menschen!

»Mister Scully, vor ein paar Minuten noch haben Sie das Wort Tierasyl gebraucht. Ich habe mir immer vorgestellt, ein ›Asyl‹ sei ein sicherer Ort, wo die Tiere untergebracht werden bis sie einer adoptiert oder bis sie eingeschläfert werden. Stimmt denn das auch nicht?«

»Für einige gilt das sicher, aber glauben Sie nur ja nicht, daß es alle sind. Haben Sie schon mal die Spalte ›Gesucht – Verloren‹ im Sharpsburg Sentinel studiert?«

»Ja, viele Male – nachdem wir unseren Hund verloren hatten.«

»Na, dann kennen Sie auch die Anzeige des Hab'-ein-Herz Asyls. Da steht: wenn Sie Ihren Liebling nicht behalten können, dann bringen Sie ihn uns. Gute, neue Heime zu finden ist unsere Spezialität.«

»Ja, das haben wir alle mehr als einmal gelesen.«

»Und das ist nichts weiter als ein hübscher Köder. Wenn sie mit ihrem Haustier hinkamen, dann berechnete man ihnen erst mal das, was sie vermutlich freiwillig zahlen würden – irgendwas zwischen fünf und zehn Dollar. Dazu erklärte man ihnen, daß das Geld für Futter und Pflege gebraucht würde, bis genau das richtige Heim für ihren Liebling gefunden worden wäre. Kapiert? In Wirklichkeit aber wurden die gesunden Hunde so wenig wie möglich gefüttert, und die weniger gesunden ließen sie einfach verhungern. Außerdem führten sie eine Liste von Leuten, die nach billigen Hunden Ausschau hielten, und wenn sie ihnen einen guten Hund gebracht hatten, dann verkauften sie ihn an jemand anders für um die hundert Dollar oder mehr. Auf diese Weise verdienten sie zweimal gutes Geld. Oder ist das vielleicht kein prima Geschäft?

Nur wenn ihr Hund einer von denen war, mit denen sich kein Geld machen ließ, luden sie ihn mit einem ganzen Haufen anderer auf einen Laster und warfen sie weg.«

»Sie warfen sie weg? Ich glaubte, Sie würden sagen, sie verkauften sie an ein Labor.«

»Das lohnt sich nicht. Die Labors bezahlen nicht genug. Ursprünglich waren diese Leute mal im Transportgeschäft, das war ihr eigentliches Gewerbe. Und als sie genug Hunde und einen halbleeren Laster hatten, legten sie die beiden einfach zusammen. Sie machten hunderte von Dollars im Monat, bis die Polizei darauf kam.«

»Wie hat man sie denn erwischt?«

»Naja, ein paar von den Hundeaufsehern haben sich gewundert, wieso plötzlich überal streunende Hunde herumliefen, immer ohne Halsband und ohne daß jemand je in die Sammelstelle kam und nach ihnen fragte. Das Spiel wurde aber erst nach Jahren aufgedeckt, weil die Kerle gerissen genug waren, die Hunde niemals zweimal am selben Platz auszusetzen.«

»Kamen die Kerle ins Gefängnis?«

»Ins Gefängnis! Ich glaube, sie mußten eine Buße von fünfzig Dollar bezahlen, jedenfalls stand das so in der Zeitung.«

Plötzlich heulte einer der Hunde am anderen Ende der Baracke laut auf. Ein bißchen Staub wirbelte über den Schlafzimmerboden.

»Jesus!« flüsterte Scully. Er taumelte auf die Füße und stieß den Koffer wieder unter das Bett, nachdem er den Deckel mit einem Knall zugeschlagen hatte. »Jesus!« flüsterte er noch einmal. Und Mary zischte er zu: »Halten Sie jetzt ja den Mund.«

Draußen näherten sich leise Schritte. Dann klopfte es an die Tür.

Mary gefror das Blut in den Adern. Scully sank in seinen Schaukelstuhl zurück und ergriff sein Glas. »Wer ist da?« rief er.

»Doktor Strauss.«

Scully warf Mary einen Blick aus blutunterlaufenen Augen zu. »Kommen Sie 'rein.«

Strauss öffnete die Tür. Vor dem dunklen Hintergrund stand ein kleiner dünner Mann in einem nassen Mantel auf der Schwelle. Weiße Hände mit dünnen Fingern hingen aus den Ärmeln heraus, und ein schmales, zartes Gesicht mit hohen Backenknochen und dicken Brillengläsern unter einer Stirnglatze wurde sichtbar.

»Tut mir leid, daß ich störe, Scully«, sagte er, »wirklich, tut mir leid. Ich wußte nicht, daß Sie Besuch haben.« Er machte eine Pause, es war klar, daß er darauf wartete, bekanntgemacht zu werden.

»Ja«, sagte Scully, »ich habe hier eine gute Freundin zu Besuch, eine alte Freundin meiner Schwester. Sie kam zufällig vorbei. Wir haben einen kleinen gehoben, wie man so sagt. Das tut gut an einem nassen Tag.«

»Ich bin Mary Roberts«, griff Mary ein, als sie merkte, daß Scully nach einem Namen suchte, den er gar nicht wissen konnte.

»Sehr erfreut«, sagte Dr. Strauss wenig überzeugend. »Tut mir leid, Sie zu unterbrechen, aber ich sah den Wagen draußen und glaubte, daß mich vielleicht jemand besuchen wollte.«

»Nicht daß ich wüßte«, meinte Scully.

»Ich muß jetzt ein paar Ferngespräche führen, Scully, aber dann komme ich noch mal wieder. Es gibt einiges für morgen vorzubereiten, das ich mit Ihnen durchsprechen möchte.«

»Ja natürlich«, antwortete Scully.

»Also, dann guten Abend.« Dr. Strauss wandte sich zum Gehen. Sie konnten hören, wie sich seine Schritte durch die Baracke entfernten.

»Ich mag ja besoffen sein«, flüsterte Scullty, »aber zwei Dinge sind mir klar: Erstens hat er seinen üblichen Kontrollgang gemacht und zweitens war es nicht gerade schlau, ihm Ihren Namen zu nennen.«

154

»Ach du lieber Gott, das habe ich ganz vergessen. Wie dumm von mir. Hoffen wir, daß er nicht genau hingehört hat.«

»Machen Sie sich nichts vor, der hört alles genau. Das ist eine Eismaschine, einer, der wirklich alles totsicher hinkriegt – mit Betonung auf tot.«

»Vielleicht sollte ich gehen bevor er wiederkommt. Er sah keineswegs erfreut aus.« Mary griff nach ihrem Mantel, den sie auf das Fußende des Bettes gelegt hatte.

»Lassen Sie das doch. Ich habe ein Recht darauf, Besuch zu empfangen, auch wenn ich es niemals in Anspruch nehme.«

Er bückte sich und zog nochmals den Koffer unter dem Bett hervor. »Wissen Sie was? Sie sind der erste Mensch seit Urzeiten, der mir zuhört.« Er hielt ein Buch hoch. Es trug den Titel ›Nackte Herrscherin‹ – von Hans Ruesch. »Kennen Sie das?«

Sie schüttelte den Kopf. »Na, dann gibt es noch mehr, was Sie nicht wissen. Zum Beispiel was die Forscher für herrliche Apparate erfunden haben. Ist Ihnen etwa die Blalock Presse kein Begriff?« Wieder schüttelte Mary den Kopf, aber ihr Magen zog sich schon im voraus zusammen. »Ich les' es Ihnen vor. Es steht im Kapitel ›Wissenschaft oder Irrsinn?‹.« Er nahm einen langen Schluck aus der Flasche und räusperte sich.

»›Ferner gibt es die Blalock Presse, so genannt nach Dr. Alfred Blalock vom berühmten John-Hopkins-Institut in Baltimore, Madison. Sie besteht aus schwerem Stahl und ähnelt einer alten Druckpresse. Aber die Platten sind mit stählernen Kämmen versehen, die sich verzahnen, wenn sich die obere Platte auf die untere senkt. Der Druck von 5000 Pfund (227 kg) wird durch eine starke Feder bewirkt, die man zusammendrückt, indem man vier Schraubenmuttern anzieht. Zweck der Presse ist es, das Muskelgewebe im Bein eines Hundes zu zerquetschen, ohne den Knochen zu zermalmen.‹

Wie gefällt Ihnen das? Aber das ist nur der Anfang. Da

kommt noch viel, viel mehr. Da ist der Ziegler-Stuhl für Affen, den James E. Ziegler erfunden hat.« Wieder las er den Text langsam und laut vor:

»›Der Stuhl wird benutzt für die Perforation des Schädels zwecks Stimulierung der freigelegten Cortex, Implantation von Kranialfenstern, allgemeine Freiheitsbeschränkung zwecks Anlegung von Verbänden sowie als Sitz für den Affen, der in verschiedener Lage der großen Experimentalzentrifuge ausgesetzt wird, unter Umständen ununterbrochen jahrelang bis der Tod eintritt.‹

Und wie wär's mit der Noble-Collip-Trommel? Hier steht, daß sie im Jahre 1942 von zwei Ärzten aus Toronto erfunden wurde. Es ist eine Art Drehtrommel wie eine Wäschetrockenschleuder mit langen Nägeln oder Höckern an der Innenwand. Nur anstatt Wäsche 'reinzustecken, stopfen sie Tiere 'rein, deren Beine zusammengebunden sind. Der Apparat war ein echter Schlager!«

»Warum nur?« fragte Mary mit aschfahlem Gesicht.

»Warum was?«

»Warum haben sie sie hineingesteckt?«

Scully schaute wieder in das Buch. »Sie nennen es ›ein quantitatives Verfahren zur Erzeugung eines experimentellen traumatischen Schocks‹« – er hielt inne und sah sie an. »Ich lese zwar langsam, aber ich übergehe nichts.«

Er nahm den Text wieder auf: »... eines experimentellen traumatischen Schocks ohne Blutung bei unbetäubten Tieren.« Und nun warf er das Buch in den Koffer zurück. »Undsoweiter – es gibt kein Ende, und jeden Tag geht es von vorn los. Und wen kümmert es?«

»Mich«, flüsterte Mary.

Während des folgenden Schweigens kämpfte Scully damit, seine Pfeife wieder anzuzünden. Als sie endlich zu seiner Zufriedenheit brannte, beugte er sich vor und sagte: »Ich will Ihnen noch was erzählen, sozusagen die Kehrseite der Medaille. Vor ein paar Jahren hat irgendein toller Kopf eine Versuchsserie mit 33 Affen durchgeführt, um festzustellen, ob

156

ein Affe einem anderen Schmerz zufügen kann. Sie hatten die Versuchsreihe so aufgebaut, daß jedesmal, wenn Affe 1 etwas fraß, Affe 2 einen elektrischen Schock erhielt; und Affe 1 konnte sehen, daß Affe 2 geschockt wurde. Nicht fühlen, nur sehen! Verstanden? Wissen Sie, was passierte? 25 von den 33 Affen hörten auf zu essen, und ein Affe aß 12 Tage lang überhaupt nichts. Schönes Experiment, was?«

»Das bedeutet doch, daß das Grauen noch viel größer ist als wir glauben«, murmelte Mary.

»Wie meinen Sie das?«

»Ich meine, die Tiere erkennen, wissen und fühlen viel mehr als wir ihnen zutrauen.«

»Sie sagen es!«

Mary zog einen Faden an einem lockeren Knopf ihrer Wolljacke an. »Sobald ich wieder zu Hause bin, werde ich mit unserem Pfarrer sprechen. Wenn der hört, was Sie mir erzählt haben, wird er bestimmt helfen.«

»Glauben Sie?«

Scully schien erheitert zu sein. »Ich bin zwar als Katholik geboren worden, aber was ich Ihnen jetzt sage, war nicht schwer herauszubekommen. Die katholische Kirche, die ganze christliche Kirche interessiert sich überhaupt nicht für Tiere. Natürlich soll man nicht gerade gemein zu ihnen sein, aber die Kirchenleute haben schon vor Tausenden von Jahren beschlossen, daß Tiere dafür da sind, dem Menschen zu dienen. Sie haben keine Seele, behauptet die Kirche. Und was die Kirche sagt, das zählt.«

»Wenn die Tiere keine Seele haben«, entgegnete Mary – »was ja niemand beweisen kann – dann wäre dies ihr einziges Leben. Umso mehr Grund, daß man sie nicht zwingt, für uns zu leiden.«

»Das erzählen Sie mal dem Papst. Ich sage Ihnen, die ganze verdammte Kirche rennt ängstlich vor der Wissenschaft davon. Das ist schon seit Jahren so. Die Kirche hat keine Ahnung von dem, was die Forscher eigentlich anstellen.« Scully gab ein hohles Meckern von sich. »Es wäre wirklich ein Weltwunder, wenn Ihr Pfarrer etwas unternehmen würde.«

»Ich will es wenigstens versuchen.«

»Machen Sie nur. Aber Ihnen steht eine herbe Enttäuschung bevor. Sie sind nicht die erste, die's versucht hat, und klein beigeben mußte.«

»Dafür muß es dann aber einen Grund geben.«

»Ja, es gibt einen Grund, weshalb die Öffentlichkeit sich taub stellt. Alle wollen Medikamente und Heilmethoden, die ihnen helfen. Sie haben Angst vor Schmerzen und sie haben eine Todesangst vorm Sterben.«

Ohne jede Warnung brach hinten in der Baracke die Hölle los. Undeutliches Jaulen, heiseres Krächzen, das Geräusch von Körpern, die gegen Holzwände prallen, und am lautesten die Stimme von Dr. Strauss, die von weit her schrie: »Zum Teufel, Scully, ist der verfluchte schwarze Hund wieder los?«

»Komme sofort«, brüllte Scully zurück. Rasch kämpfte er sich in seinen Regenmantel, wankte in Richtung Baracke und schlug die Tür hinter sich zu.

»Das ist nun schon das zweite Mal in diesem Monat« – Mary hörte die ärgerliche Stimme von Dr. Strauss deutlich. »Diesmal müssen Sie ihn aber anbinden.«

»Ja, ja«, antwortete Scully, »wo ist er denn hingelaufen?« Die beiden Stimmen, eine böse und die andere beschwichtigend, wurden schwächer.

Mary wischte die beschlagene Fensterscheibe ab. Ein schwarzer Hund war nicht zu sehen. Vielleicht war er entwischt, wenn nicht über den Lattenzaun dann vielleicht unten durch.

Eine ganze Weile blieben die beiden Männer verschwunden. Mary holte den Koffer nochmals unter dem Bett hervor und begann, hier und da Auszüge aus den dort zusammengetragenen Broschüren und Büchern zu lesen:

»Das Studium des ›Tierverhaltens‹ wird immer in wissenschaftlichen, steril sachlich klingenden Fachausdrücken beschrieben. Damit kann man den normalen nicht-sadistischen jungen Psychologiestudenten so indoktrinieren, daß er weitermacht, ohne daß sein Unbehagen geweckt wird. So spricht man von ›Techniken zur Vernichtung‹, wenn in Wirklichkeit eine Folter durch Durst, Fast-verhungern-lassen oder Elektroschocks gemeint ist. Es heißt ›partielles Bestärken‹ wenn man dem Tier etwas entzieht und nur gelegentlich seine Erwartungen erfüllt, die der Experimentator im vorangegangenen Training bei ihm erweckt hat … Dieselben endlosen Versuche werden gemacht, um Kosmetika, Farbstoffe für Lebensmittel und Fußbodenpolitur zu testen. Müssen Hunderte von Tieren leiden, damit ein neuer Lippenstift oder ein Mundwasser auf den Markt gebracht werden kann? … Leider sind Tiere für den Psychologen und für andere Forscher zu reinen Werkzeugen geworden.«

»… Die Geschichte des Thalidomid hebt nur etwas hervor, was Toxikologen schon seit langem wissen: es besteht ein großer Unterschied zwischen den Arten. Eine Extrapolation der Versuchsergebnisse von einer Art auf die andere ist mit unkalkulierbarem Risiko verbunden. So wurde Thalidomid ausgiebig an Tieren getestet, bevor es auf den Markt kam. Und diese Tierversuche hatten niemals Nebenwirkungen gezeigt … Es gibt stattdessen Versuche mit Gewebekulturen (das Anlegen von Zellkulturen in künstlicher Umgebung), mathematische oder Computer-Modelle von biologischen Systemen, Gas-Chromatographie oder Massen-Spektrometrie, die aussagekräftig sind. Für den Unterricht können Filme und Modelle eingesetzt werden. Wenn man bedenkt, wie wenig Anstrengungen man bisher auf diesem Gebiet gemacht hat, dann versprechen die vorliegenden Ergebnisse, sobald man sie weiterverfolgt, einen viel größeren Fortschritt.«

Noch einmal griff Mary zu Hans Ruesch's Buch, ›Nackte Herrscherin‹. Zufällig schlug sie die Seite auf, die sich mit Lawson Tait, einem Gynäkologen des 19. Jahrhunderts befaßte, einer der größten Berühmtheiten in der Geschichte der Chirurgie. »Wenn ein Mediziner jemals berechtigt war«, las sie, »über Chirurgie zu sprechen, dann war es Lawson Tait.

Und alles, was er über Tierversuche, die er anfangs selbst praktiziert hatte, gesagt und geschrieben hat, ist eine gnadenlose Anklage, denn er betrachtete sie nicht nur als verheerend für die medizinische Praxis im allgemeinen, sondern auch für das Denken des Mediziners.«

Lawson selbst hat geschrieben: »Ich lehne Experimente an lebenden Tieren zwecks reiner Belehrung als absolut unnötig ab; man müßte ihnen ohne den geringsten Vorbehalt gesetzlich ein Ende bereiten … Als Forschungsmethode hat sie alle diejenigen, die sich ihrer bedienten, stets zu ganz irrigen Schlußfolgerungen geführt, und die Berichte wimmeln von Fällen, in denen nicht nur Tiere nutzlos geopfert worden sind, sondern zu der Liste der Opfer sind wegen der Irrtümer auch Menschen hinzuzufügen.«

Endlich tauchte Scully wieder auf, von Kopf bis Fuß verdreckt und naß. Es war schwer zu unterscheiden, ob die Tropfen auf seinem Gesicht Schweiß oder Regen waren, oder auch Tränen. Der rechte Ärmel seines Regenmantels hatte einen Riß, Blut tröpfelte darauf hervor. »Schauen Sie mal Ihren Arm an!« rief sie. »Hat er Sie gebissen?«

Scully betrachtete seinen Arm ohne etwas zu sehen, während eine Windbö und ein Regenguß das Gebäude erschütterten. Dann zog er langsam den schmutzigen Mantel aus und wickelte ein zerrissenes, nicht allzu sauberes Taschentuch um seinen Unterarm. »Er hat mich an der Nase herumgeführt«, murmelte er.

»Wie? Was ist passiert?«

»Er war unter die Baracke gekrochen. Ich kann's ihm weiß Gott nicht verdenken.« Scully flüsterte fast.

»Und wo ist er jetzt?«

Scully machte eine Kopfbewegung in Richtung des Auslaufs. Mary stand auf, um hinauszuschauen. Jetzt hockte der schwarze Hund auf den Hinterbeinen im Auslauf, mit einem Strick um den Hals, dessen anderes Ende an einem Pfosten angebunden war, die Ohren zurückgelegt und mit hängendem Kopf. Der Regen rann von seiner Schnauze herab. »Niemand würde es glauben, der's nicht gesehen hat«, flüsterte Mary, »und sowas geschieht in unserem Land!« Scully antwortete nicht. Sie trat zu ihm und berührte ihn an der Schulter. »Es tut mir leid, Herr Scully, aber ich kann es ... ich kann es nun nicht mehr ertragen.«

»Einige wenige haut es eben um«, antwortete er im Flüsterton, »aber nur wenige, nur so wenige.«

»Für heute geht es einfach nicht mehr.« Mary zog ihren Mantel an. Diesmal protestierte er nicht. »Ich glaube, ich bin noch nie in meinem Leben so wütend gewesen«, sagte sie mit zitternder Stimme. »Ich halte es nicht aus, ich kann nicht mehr. Und ich werde nie mehr schweigend zusehen, sondern immer gegen solche Brutalitäten kämpfen.« Er antwortete nicht. »Vielleicht darf ich eines Tages wiederkommen und Sie noch mal besuchen?« fügte sie hinzu.

»Wenn Sie wollen«, sagte er mit tonloser Stimme, langte nach der fast leeren Flasche und setzte sie an die Lippen.

»Es ist spät geworden, Herr Scully.« Sie hob ihren immer noch nassen Regenschirm vom Boden auf. »Darf ich beim Hinausgehen Zwei-Eins-Zwei noch mal sehen? Ich möchte ihn mir noch mal anschauen.« Ein kühner Gedanke begann in ihrem Kopf Gestalt anzunehmen.

»Wenn Sie wollen.« Er richtete sich schwankend auf.

»Wie lange ist das Tier schon hier?«

»Drei Jahre – mit Unterbrechungen.«

Solange wie Bruce verschwunden war. Vielleicht könnte sie dieses Tier retten? Das wäre eine Art Wiedergutmachung. Sie öffnete die Tür zur Baracke. Scully schien nicht sehr sicher auf den Beinen zu sein. Nebeneinander gingen sie den zugigen Durchgang entlang. »Was steht für den Hund als nächstes Experiment auf der Liste, wissen Sie das?« Sie versuchte, beiläufig zu klingen.

»Aber klar weiß ich das.« Er wankte gegen den Draht eines der Käfige.

Sie tat so, als bemerkte sie es nicht. »Was denn?«

»Er soll Blutspender werden. Sie finden, daß er verbraucht

sei – weitere Versuche mit ihm würden zu abweichenden Ergebnissen führen.«

Inzwischen wußte sie, was die Bezeichnung Blutspender bedeutete. Es hieß, daß das Tier zu Tode geblutet wurde; auch das gehörte zu dieser Vampir-Welt. Die Gedanken rasten durch ihren Kopf, als sie vor dem Käfig des Shelties stehenblieb. Er schlief wieder, aber in einer anderen Stellung – zu einem Halbkreis aufgerollt und mit der Schnauze auf einer seiner weißen Pfoten liegend. Bruce so ähnlich, ja fast wie Bruce.

»Herr Scully –«, sie stieß die Worte hastig hervor, »würden Sie mir diesen Hund wohl verkaufen?«

Er starrte sie an. »Wozu denn das?«

»Um ihn mit nach Hause zu nehmen. Um das zu tun, was Sie mit den Tieren hier auch versuchen: ihnen ein bißchen Liebe zu geben.«

»Aber was für einen Sinn sollte das haben?«

»Ich hab' Ihnen doch schon erzählt, daß er mich an den Hund erinnert, den wir verloren haben – verloren durch Unachtsamkeit. Ich finde, – und meine Familie wird genauso denken – wenn wir dieses Tier retten, haben wir wenigstens versucht, ein Unrecht wieder gutzumachen. Ich weiß nicht wie ich es anders audrücken soll.«

»Aber dieser Hund kann nicht hören. Er kann nicht mehr richtig laufen. Sie würden seiner in kurzer Zeit überdrüssig sein. Und außerdem darf ich ihn gar nicht verkaufen.«

»Sind Sie sicher?« Sie sah ihn flehentlich an. »Ist das verboten?«

»Aber ganz bestimmt!«

»Aber warum? Auch wenn ich für ihn bezahle?«

»Es wäre gegen meine Vorschriften. Dies ist kein Tierheim. Sie würden fuchsteufelswild, wenn sie davon erführen.«

»Müssen sie es denn erfahren? Sterben denn nicht hier bei Ihnen einige Hunde?«

»Manchmal.«

162

»Na, also – können Sie ihnen denn nicht weismachen, daß er gestorben ist?«

»Ach, wozu sollte das gut sein. Ein anderes Tier wird sofort seinen Platz einnehmen. Ich sehe darin keine Gerechtigkeit.«

»Aber gerade dieses Tier hat doch soviel durchgemacht – soviel Entsetzliches.«

Scullys Mund war ein Stück dünner gebogener Draht. »Sie wollten es doch niemals vergessen: *alle* machen soviel durch.«

Mary schaute auf den schlafenden Hund herab. Seine Schwanzspitze lag neben seiner Nase, die Haare der mageren Rute plusterten sich bei jedem Atemzug. Natürlich wünschte ich mir, dachte sie, ich hätte die Macht, jedes Tier aus dem Käfig zu befreien, das einsam ist und leidet.

»Sie können sich doch wohl denken, was der Hauptgrund ist, weshalb ich das Tier nicht hergeben kann.« Scully spuckte die Worte aus.

Sie schüttelte den Kopf.

»Weil ich das tue, was mir befohlen wird, tun muß, verstehen Sie? Ich hasse sie aus tiefster Seele, aber ich will ihnen auf keinen Fall einen Vorwand geben, mich 'rauszuwerfen. Dann kann ich nichts mehr für die Tiere tun.«

Mary sah ihm gerade ins Gesicht. »Sie sind ein feiner Kerl, Herr Scully«, sagte sie. »Hoffentlich sehen wir uns wieder.« Sie streckte ihm die Hand entgegen. Dabei fiel ihr Schirm zu Boden.

Die Erschütterung weckte Zwei-Eins-Zwei. Mit einem Ruck sprang er auf die Pfoten und in den äußersten Winkel des Käfigs. Mit gesträubter Mähne und am ganzen Leib zitternd starrte er die Frau hinter den Gitterstäben an. Dann streckte er ganz, ganz langsam den Nacken vor, hob die Schnauze und begann, erregt zu schnüffeln. Mit gespitzten Ohren kroch er näher und nahm in schnellen, kurzen Atemzügen die Witterung auf.

Mary hatte sich gebückt, um ihren Regenschirm aufzuheben. Inzwischen hüpfte Zwei-Eins-Zwei auf seinen steifen Vorderbeinen ruckweise auf und ab, stieß keuchende, krächzende Laute aus und ließ seinen dünnen Schwanz in wilden Kreisen durch die Luft peitschen. »Sehen Sie doch bloß mal«, schrie Scully, »er benimmt sich als wüßte er, wer Sie sind.«

»Das ist Bruce. Das *muss* mein Bruce sein!« Auch Mary schrie. »Lassen sie ihn 'raus, Herr Scully, bitte, lassen Sie ihn 'raus!«

Im nächsten Augenblick kam Bruce aus dem Käfig herausgeflogen und stolperte und wirbelte um Marys auf dem Boden hockende Gestalt herum. Es entstand ein unentwirrbares Knäuel aus Armen, Pfoten und Fell, erregtes Niesen mischte sich mit Tränen; dazwischen versuchte eine hechelnde Zunge mit dem Muttermal, Mary zu lecken. Bruce befand sich in einem Zustand unkontrollierbarer Ekstase, in einem Taumel aus fliegenden Haaren und leuchtenden Augen. Und er wurde zum Mittelpunkt der allgemeinen Aufregung, als den ganzen Gang entlang die Stimmen aller anderen unglücklichen Gefangenen sich erhoben und in Jaulen, Winseln, Keuchen und Heulen ausbrachen.

»Bruce, Bruce, komm her zu mir!« Auch Mary schrie so laut sie konnte, während sie auf den Knien lag und mit ausgestreckten Händen versuchte, den sie halb wahnsinnig mit steifen Bocksprüngen umkreisenden Hund nur einen Augenblick festzuhalten.

»Na Scully, was ist denn jetzt wieder los?« Eine kalte Stimme durchschnitt den Lärm.

Scully riß die Schildkrötenaugen auf, doch einen Augenblick später waren sie wieder in den Lederfalten seines Gesichts verschwunden. »Nur einen kleinen Moment, Doktor«, sagte er und schrie dann so laut er konnte: »Ruhe!«

Langsam verebbte das Getöse in Zittern und Seufzen. Selbst Bruce versuchte nicht mehr, mit seinen steifen Beinen zu springen, sondern schmiegte sich eng an Mary. Scully lehnte derweil an einem hölzernen Pfosten, um nicht umzufallen. »Diese Dame, Doktor«, sagte er und zeigte mit dem Mundstück seiner Pfeife auf Mary, »diese Dame glaubt, gerade ihren seit langem vermißten Hund wiedergefunden zu haben. Sie wollte eben abfahren, aber als wir am Käfig vorbeigingen, da fing Zwei-Eins-Zwei an, sich zu benehmen wie ein Windrad am Nationalfeiertag.«

»Das habe ich gesehen.« Die Blicke des Arztes wanderten von einem Gesicht zum andern, und ruhten dann auf Mary. »Sagten Sie nicht, daß Ihr Name Roberts sei? Ist Ihr Mann Jack Roberts aus Hartsdale?« Mary hatte sich aufgerichtet.

»Ja, das ist er. Kennen Sie ihn? Umso besser. Es ist kaum zu glauben, Herr Doktor Strauss, aber wir vermissen unseren Hund seit drei Jahren, seit dreieinhalb Jahren genau. Ich weiß gar nicht, wo mir der Kopf steht. Freuen Sie sich nicht auch, daß ich ihn gefunden habe?« Um nicht sehen zu müssen, was die Miene von Dr. Strauss ausdrückte, beugte sich Mary wieder über Bruce und streichelte seinen Kopf.

»Ich freue mich wirklich.«

»Eine richtige Wiedervereinigung ist das«, fügte Scully hinzu. »Das muß gefeiert werden.«

Der Blick, den Dr. Strauss Scully zuwarf, drückte klar seine Meinung aus, daß Scully vielleicht schon zuviel gefeiert hatte. »Verzeihen Sie, Frau Roberts – ich bin doch ein bißchen überrascht. Als Sie hierherkamen, haben Sie da geglaubt, daß Ihr Hund hier sein könnte?«

»Aber nein, Herr Doktor, wie sollte ich wohl darauf kommen? Ich wollte Herrn Scully besuchen, und dann war es ein reiner Zufall. Ich kann immer noch nicht glauben, daß ich Bruce tatsächlich gefunden habe!«

»Ich verstehe.« Dr. Strauss klapperte mit Münzen in seiner Hosentasche. »Nun, Frau Roberts, nun, da sie wieder zusammengefunden haben, darf ich vielleicht, ohne etwas überstürzen zu wollen, fragen, was Sie mit dem Tier tun werden?«

Mary starrte ihn an. »Natürlich werde ich ihn mit nach Hause nehmen. Was denn sonst?«

Der Arzt machte einen Schritt auf sie zu. »Sind Sie wirklich sicher, daß Sie ihn wiederhaben wollen?« Er blieb mit erstaunter Miene vor ihr stehen. »In aller Offenheit, Frau Roberts, die meisten dieser Hunde sind einer Behandlung unterzogen worden. Sie haben ihre erste Jugend hinter sich, oder besser – ich möchte Sie nicht erschrecken – sie sind in einer Verfassung, daß man sie kaum in das Leben in einer Familie zurückführen sollte.«

Und wer trägt daran die Schuld? Das hätte Mary gern gefragt. Aber worauf wollte er eigentlich hinaus? Er hatte doch etwas vor. »Nun, er ist aber eindeutig unser Hund«, antwortete sie, um das noch einmal ganz klar zu stellen. »Was würden Sie denn vorschlagen?«

»Nun, hm –« er machte wieder eine Pause, und die Münzen in seiner Hosentasche klapperten. »Wenn man die Angelegenheit von rein altruistischer Warte aus betrachtet, meine ich, daß er Ihnen zur Last fallen wird, wenn Sie ihn mit nach Hause nehmen, ja, er wird eine ständig wachsende Belastung für Sie werden.« Wieder eine Pause. »Wäre es daher nicht am freundlichsten, am menschlichsten –«, er sah sie an, – »wenn wir ihn einschläfern würden? Natürlich ohne daß Ihnen dadurch Unkosten entstehen.«

Aha, das also war es. Den Beweis rasch begraben. Mary fühlte, wie ihr Blut in Wallung geriet. »Wenn man es von rein altruistischer Warte aus betrachtet«, fauchte sie, »dann würde ich sagen, Herr Doktor Strauss, daß er etwas besseres als den Tod verdient hat. Er verdient alle Zuneigung, die wir ihm zu geben vermögen.«

»Möglich.« Der Arzt lächelte das geduldige Lächeln eines Erwachsenen, der es mit einem widerspenstigen Kind zu tun hat. »Aber, bitte, erinnern Sie sich daran, daß er hier sehr gut betreut worden ist.« Er breitete die Hände aus. »Ich hoffe nur um Ihretwillen, daß er sich nicht als allzu lästig erweisen wird, und daß Sie Ihren Entschluß nicht bedauern müssen.«

»Bedauern ist kaum der richtige Ausdruck. Ich bin ganz außer mir vor Freude.«

»Na wunderbar!« Sein Lächeln erlosch.

»Also ist diese Frage erledigt, nicht wahr?« sagte Mary bissig. »Ich wüßte nur noch gern, wie es möglich ist, daß mein Hund jemals hierherkommen konnte.«

Dr. Strauss spitzte die Lippen und zupfte an seinem Ohrläppchen. »Darauf wüßte ich auch gern eine Antwort. Das ist alles schon so lange her. Ich fürchte, das geht gar nicht mehr aus unseren Unterlagen hervor. Nicht wahr, Scully?«

»Nein, Herr Doktor.« Scully schüttelte den Kopf.

»Wir geben uns die größte Mühe, alle Hunde, die in unser Institut kommen, genau zu kontrollieren«, fuhr Dr. Strauss fort, »aber Fehler kommen natürlich vor. Selbstverständlich sehr selten. Doch selbst bei den genauesten Vorschriften kann einmal etwas passieren.« Er sah sie über den Brillenrand hinweg an mit einem ›Wir-sind-doch-alle-Freunde-Zwinkern‹ in den Augen. »Wir sind ja auch nur Menschen, Frau Roberts. Lassen wir es doch dabei bewenden.«

»Gerade im Augenblick fühle ich mich nicht besonders menschlich«, gab Mary zurück. »Es erfüllt mich im Gegenteil eine bemerkenswert tierische Wut.« Das Lächeln verschwand vom Gesicht des Arztes. »Wenn es also nichts mehr zu sagen gibt, Herr Doktor Strauss, dann würde ich den Hund gern mit nach Hause nehmen.«

»Wie Sie wünschen«, antwortete er höflich und warf einen Blick auf seinen Verbündeten Scully. Männer wie sie würden doch in Gegenwart einer solchen Furie die Ruhe bewahren. »Vielleicht sollte einer von uns Ihnen das Tier zum Wagen tragen?« fügte er hinzu.

»Ich werde ihn selbst tragen«, sagte Mary. »Aber vielleicht stimmen Sie mir zu, Herr Doktor Strauss, daß es nicht unbedingt für seine sogenannte gute Pflege spricht, daß er getragen werden muß.«

Dr. Strauss' Mund bewegte sich, als wenn er auf Eierschalen kaute.

»Das kurze Stück kann er auch hoppeln«, unterbrach Scully.

»Ich werde Sie hinausbegleiten«, murmelte Dr. Strauss ohne jemanden direkt anzureden. Er wandte sich zum Gehen und schnappte mit den Fingern, damit der Hund ihm folgte.

»Komm Brucie«, sagte Mary und legte ihm die Hand auf den Rücken.

»Ihr Schirm«, rief Scully. Er nahm ihn vom Boden auf und reichte ihn ihr. »Verklagen Sie ihn doch«, flüsterte er. Ihre Blicke trafen sich. »Ich werd's versuchen.«

Der Arzt hielt Mary höflich die Wagentür offen, während sie einstieg. »Ich hoffe nur, Frau Roberts«, sagte er, »daß Sie verstehen, daß dies für mich ein ebenso unglückliches Vorkommnis ist wie für Sie. Persönlich liebe ich Tiere genauso wie Kinder, aber wenn ich wählen muß, entscheide ich mich für Versuche an Tieren, um die Gesundheit meiner Kinder zu gewährleisten. Und wir finden, daß wir nicht zuviel verlangen, wenn die Hunde, die in den Tiersammelstellen so oft abgetan werden, uns ihr Leben anbieten im Dienste der Wissenschaft.«

Wahrlich eine schöne Rede! Wie oft hatte Dr. Strauss sie wohl schon gehalten? Mary kurbelte die Scheibe herunter und sah ihn an. »Als Mutter von zwei Kindern, Herr Doktor Strauss, meine ich, daß es vielleicht noch mehr gibt, was auf dem Spiel steht, als körperliche Gesundheit. Nämlich so etwas wie eine moralische Verpflichtung. Und was das Wort ›anbieten‹ betrifft, so bedeutet es doch wohl die Bereitschaft zu geben? Wenn man aber keine Wahl hat, dann sagt man dazu schlechthin Zwang.«

Vierzehntes Kapitel

Einen Augenblick später hatte Mary den Wagen in der Auffahrt gewendet und war auf dem Weg nach Hause. Bruce saß aufrecht neben ihr und schmiegte sich an sie, die Schnauze an ihrer rechten Schulter. So vertraut, so seltsam. Sie hatte es einfach vergessen, daß er immer in dieser Stellung mit ihr im Auto gefahren war. Nur *er* hatte es nicht vergessen. Was für eine grausame Zeit! Wieviel verlorene Liebe!

Was für einsame Qualen und Leiden würden für immer in seinem Tiergedächtnis verschlossen sein. Und der Kopf, der dieses Gedächtnis bewahrte, lief nicht mehr spitz zu. Die vielen erduldeten Schmerzen und die unbeschreibliche Monotonie des Käfiglebens hatten seine edle Form plump gemacht. Was für Gedanken mochten sich hinter den nachdenklichen schwarzen Augen verbergen, in denen die ersten Funken eines neu erwachten Vertrauens zaghaft aufblitzten? Es schien, als hätte das Tier bereits alles vergeben. Doch eins war gewiss: vergessen würde er die furchtbare Zeit niemals.

Beim Anblick des Regens, der die Windschutzscheibe herabfloß, mußte Mary auch an den verlassenen schwarzen Hund denken, wie er da unter freiem Himmel kauerte und sich an den Zaun drängte in dem Versuch, sich vor dem Wetter zu schützen. Tränen strömten über Marys Gesicht. Wie herzlos Menschen sein konnten. Nun war ein einziges Tier gerettet worden. Und was geschah mit den Tausenden, die zurückblieben, um weiter unter der Unmenschlichkeit der Forscher zu leiden? Für sie konnte der Tod gar nicht früh genug kommen.

Sobald Mary Sharpsburg hinter sich gelassen hatte, fuhr sie langsamer. Allmählich wandten sich ihre Gedanken ihrer Tochter Vicky zu. Wie würde sie auf die Rückkehr des so veränderten Tieres reagieren. Ja, wenn ihre Mutter mit einem Bruce zurückkäme, der gesund und munter war! Aber man hatte das schöne Tier in einen hinkenden und krächzenden Krüppel verwandelt, und es war lahm und taub. Würde das

Kind das ganze Grauen erfassen, und es verkraften können?
Auf dieses Problem hatten ja Dr. Strauss und sogar der
freundliche Herr Scully hingewiesen. Wie sollte sie, Mary,
diese »Belastung«, wie Dr. Strauss es formulierte, von dem
Kind fernhalten?

Mary wünschte, ihr Mann wäre zu Hause, damit sie sich
untereinander beraten könnten, aber er und David benutzten
die Frühlingsferien, um mögliche zukünftige Colleges für
den Knaben zu besuchen. Mary mußte das Problem also allein lösen, und zwar sofort. Und unter keinen Umständen
zum Nachteil des Tieres.

Verwirrt und unglücklich schaute Mary auf die »Belastung« herunter, und die »Belastung« sah zu ihr auf. Liebe
und Vertrauen leuchteten in den Augen des Hundes. Wer
konnte diesem Blick standhalten und diese große Verantwortung verweigern? War nicht eben dies die moralische Verpflichtung, über die sie sich gerade so beredt geäußert hatte?
Ja, sie mußte den Weg zuendegehen und Vickys Reaktion ab-
warten. Das Kind hatte den Verlust des Tieres am schlimmsten empfunden, also mußte es mit entscheiden, ob es die
Kraft haben würde, die Verantwortung zu teilen.

Als sie sich Hartsdale näherten, erhob Bruce sich plötzlich,
steckte seine Nase durch den Fensterspalt und zog, das Maul
öffnend und schließend, in schnellen Atemzügen die feuchte
Luft ein. Es war eindeutig, er wußte, wo er sich befand. Ja,
sogar für Physiologen wäre es interessant gewesen, denn als
sie beim letzten Häuserblock einbogen, zitterte das Tier am
ganzen Leibe.

Mary fuhr den Wagen in die Garage. Dort legte sie leicht
die Hand auf den Rücken des Hundes. »Brav sitzen bleiben,
ja?« sagte sie, denn erst einmal mußte das Tier unbedingt außer Sicht bleiben, erst mußte Vicky vorbereitet werden. Aber
als Mary das Haus betrat und nach dem Kind rief, bekam sie
keine Antwort. So ist es immer im Leben, dachte sie, – man
ist auf alles gefaßt und dann kommen die lähmenden Unterbrechungen. Es war fast 18 Uhr und Vicky hätte längst zu

Hause sein sollen. Und dann fiel ihr ein, daß ja Donnerstag war, der Tag, an dem sie zur Chor-Probe ging.

Da Mary Bruce nicht länger allein im Wagen sitzen lassen wollte, lief sie im Regen zur Garage zurück, nahm ihn auf den Arm, trug ihn in die Küche und setzte ihn dort vorsichtig auf den Boden. Da saß das Tier ganz still und sah zu ihr auf, und seine dunklen Augen schauten seltsam verloren und traurig drein. Hatte er Schmerzen? Sicher war er hungrig und durstig. Oder erinnerte er sich wieder an etwas, was sie vergessen hatte? Mary versuchte, sich vorzustellen, sie wäre sprachlos und trüge eine starre Maske, ohne Muskeln, die sie befähigten, die Stirn zu runzeln, zu weinen oder die Augenbrauen zu heben; ob dann jemand, der *sie* anschaute, raten könnte, was ihr fehlte? Sie setzte Bruce etwa zu essen vor, doch nachdem er ein bißchen daran geleckt hatte, ließ er es stehen und hinkte, wieder ruhelos in allen Ecken schnüffelnd, im Raum umher. Als er in die Ecke neben dem Abwaschbekken kam, wo ein großer leerer Karton stand, kletterte er zu Marys Erstaunen hinein. So etwas hatte er früher nie getan. Doch plötzlich begriff sie: drei Jahre, einundzwanzig Jahre im Leben eines Menschen, war er im Käfig eingesperrt gewesen. Nun mußte er versuchen, sich selbst wiederzufinden. »Armer Bruce, armer, armer Bruce«, murmelte sie. Aber sein Kopf blieb abgewandt, und seine Ohren würden sich niemals mehr spitzen, wenn sie etwas sagte. Statt dessen hob er plötzlich den Kopf und heulte – wenigstens versuchte er es. Es kam ein gedämpftes Gurgeln aus seiner Kehle, und nur die Haltung seines Körpers drückte heftige Gefühle aus. Mein Gott, dachte Mary, da habe ich ein Wesen mit nach Hause gebracht, mit dem ich vielleicht gar nicht mehr fertig werde.

Schon war das Tier wieder aus dem Karton geklettert und streifte ruhelos umher. Sie sah ihm zu, wie er aus der Küche in das dunkle Eßzimmer hinkte. Sein Schwanz war zottig, sein Fell struppig und ihm gingen die Haare aus. Dazu waren beide Vorderbeine deutlich mißgestaltet. Wut und Sorge schnürten Mary die Kehle zu, während sie den Karton hinter ihm her ins Eßzimmer trug und ihn in einen dunklen Winkel schob. Dann hob sie den Hund hinein, streichelte ihn und sagte:»Leg' dich hin, Brucie, leg' dich hin.« Zu ihrer Erleichterung schien er sie zu verstehen und ließ sich hineinfallen. Mary schloß die Tür hinter sich und begann, das Abendessen vorzubereiten.

Zwanzig Minuten später, während sie immer noch überlegte, wie sie Vicky am besten auf das Ereignis vorbereiten sollte, hörte sie Schritte auf dem Kiesweg, und mit der nächsten Regenböe flog Vicky in die Küche. Ihr nasser Regenmantel bedeckte eine Gestalt, die in den vergangenen drei Jahren ein gutes Stück gewachsen war. Das blasse, ovale Gesicht war länger geworden, und das blonde Haar, das dieselben gerade in die Welt blickenden Augen umrahmte, inzwischen um einige Schattierungen dunkler. »Hallo Mammi«, begrüßte Vicky sie, während sie auf einem Fuß stand und mit den Zehen des anderen einen Gummischuh abstreifte.

»Ich hänge deinen Hut und Mantel auf, Liebling«, sagte Mary. Jetzt kam der entscheidende Augenblick. Wie sollte sie beginnen?

Doch als Vicky die metallenen Klammern ihres Regenmantels aufhakte, fiel ihr Blick auf den Freßnapf unter dem Küchentisch. »Wozu steht der denn da?« fragte sie.

Durch Unachtsamkeit war damit der Anfang gemacht. »Setz' dich mal einen Augenblick«, sagte Mary, »ich muß dich etwas fragen.«

Regenmantel und Hut waren zu Boden geglitten. Mit aufgerissenen, ängstlichen Augen sank das Kind auf einen Stuhl. »Was ist los?« fragte es, »bitte frag' mich schnell.«

»Also gut, so schnell ich kann.« Mit einem Geschirrtuch in der Hand lehnte sich Mary gegen die Anrichte. »Wenn du jemanden hättest, den du sehr geliebt hast, als er stark und gesund war, und er dann ganz verändert zu dir zurückkäme –« sie mußte sich zusammennehmen, daß ihre Stimme nicht zitterte – »würdest du ihn wiederhaben, würdest du für ihn sorgen wollen?«

»Du meinst …«, Vicky befeuchtete die Lippen, »du meinst …« sie versuchte es noch einmal, unfähig, einen Gedanken zuende zu denken, der immer noch in ihrem Herzen war und es immer bleiben würde.

»Ich meine, was du vermutest, Vicky, ich spreche von Bruce.«

»Bruce!« Sie stieß einen Jammerschrei aus. »Wo ist er?« Vicky war aufgesprungen und lief durch die Küche.

»Halt, Vicky, halt! Hör mir bitte erst zu.« Vicky blieb stehen. »Es geht ihm nicht gut – Bruce ist nicht mehr so wie er früher war. Er – ich muß es dir doch sagen – er kann dich zum Beispiel nicht mehr hören.«

»Er kann mich nicht hören?« Ihre Stimme hob sich entsetzt, ihre Augen waren schreckensweit. Sie biß sich in die zitternde Unterlippe, doch dann schien sie die schlimme Nachricht verdaut zu haben und sagte: »Na schön, wenn er mich nicht mehr hören kann – *ich* kann ihn immer hören.«

Nicht einmal das schreckt sie ab, dachte Mary, wunderbar.

Vickys Hand lag auf dem Türknopf. »Also, wo ist er?«

»Da ist noch etwas.« Mary streckte die Hand nach dem Kind aus, wie um einen Schlag abzufangen.

Vicky erstarrte. »Ist er überfahren worden?«

»Nein, nein.« Tränen hingen an Marys Wimpern. »Aber er kann auch kaum noch laufen, nicht mehr toben und spielen wie früher. Man hat ihn … man hat ihn …« Wie sollte sie es nur sagen?

Vicky richtete sich bleich und stolz auf. »Er ist mein Hund, Mutter. Also muß ich doch darüber entscheiden. Und ich möchte immer für ihn sorgen, ganz gleich wieviel Mühe es macht.«

Mary wies auf die Tür zum Eßzimmer. »Er ist da drin und wartet auf dich.« Dann wandte sie sich ab und drückte das Geschirrtuch an ihr Gesicht.

Vicky öffnete die Tür zum Eßzimmer. »Bruce, Brucie«, rief sie leise. Aber das Tier war nirgends zu sehen. Sie lief in die Diele, ins Wohnzimmer, ins Zimmer ihres Vaters und machte überall das Licht an. Schaute unter das Sofa und unter die Stühle, in jeden Winkel, ohne Erfolg. Nach alledem, dachte sie, konnte er doch nicht davongelaufen sein. Schließlich schlich sie mit klopfendem Herzen nach oben und vom erleuchteten leeren Treppenabsatz in ihr Schlafzimmer. Dort in der Mulde ihrer Bettdecke ausgesteckt, den Kopf auf ihrem Kissen, lag Bruce und schlief.

Im nächsten Augenblick kniete Vicky schluchzend neben ihm auf dem Fußboden, legte ihre nasse Wange an seine Fellwange und ihre Arme um seinen Hals.

So kam Bruce wieder nach Hause.

Alle Auszüge, deren Autoren oder Quellen angegeben werden, sind Äußerungen wirklich existierender Personen.

Der Kern des Buches gründet sich auf Tatsachen, nämlich der Geschichte eines Hundes – des Hundes der Familie Roberts. Und wenn Sie dieses Buch zur Seite legen, glauben Sie bitte nicht, daß solche Dinge in Ihrer Stadt und Ihrem Hund nicht passieren könnten. Variationen der beschriebenen Ereignisse werden gerade in diesem Augenblick für tausend Hunde in tausend Städten der Erde wahr.

Ich habe ihre Augen gesehen, die in Todesangst um Hilfe baten. Und ich weiß jetzt, daß die Hilfe, auf die sie warten, nach der sie schreien – wenn sie noch schreien können – selten oder niemals kommt.

Überzeugen Sie sich. Urteilen Sie selbst. Dann werden auch Sie es wissen.

Margaret Wheaton Tuttle
West Chop -Martha's Vineyard 1978

Fürchten ist immer falsch! Fürchten Sie sich niemals, Ihre Stimme für Rechtschaffenheit, für Wahrheit und Mitleid und gegen Ungerechtigkeit, Lüge und Gier zu erheben. Wenn Sie, und nicht nur Sie hier heute abend in diesem Saal das tun, sondern alle in den vielen tausend anderen Versammlungsräumen überall auf der Erde, und nicht nur als eine Gruppe oder Vereinigung, sondern als Individuum, als einzelne Männer und Frauen, dann werden Sie die Welt verändern.

Aus einer Ansprache von William Faulkner

Wir verfügen über folgende Titelverzeichnisse, die wir Ihnen auf Anforderung gern zuschicken:

● Belletristik und Sachbücher

● Zum Thema: Pädagogik, Sozialwissenschaften, Medienforschung

● Zum Thema: Dritte Welt, Friedens- und Konfliktforschung, Politische Wissenschaften

● Zum Thema: Wirtschaftswissenschaften, Recht und Verwaltung

● Zum Thema: Philologie, Philosophie, Literatur, Theater, Geschichte, Kunst, Kunstgeschichte, Religion, Musik, Archäologie

● Zum Thema: Architektur, Städtebau/Landesplanung, Umwelt, Biologie, Chemie, Mathematik, Informatik/Datenverarbeitung, Medizin/Psychiatrie, Psychologie, Physik, Technik

● Buchreihen und Zeitschriften

HAAG + HERCHEN Verlag GmbH
Fichardstraße 30 · D-6000 Frankfurt am Main 1
Telefon (069) 550911-13 · Fax (069) 552601
Telex 414838 huh d